FOUTE SARAHS

Claudia Biegel

FOUTE SARAHS

mistral

mistral

ZIN OM TE LEZEN

Copyright © 2010 Claudia Biegel en
Uitgeverij Mistral/FMB uitgevers, Amsterdam

Mistral is een imprint van FMB uitgevers bv

Omslagontwerp: Studio Ron van Roon
Omslagbeeld: © Getty Images
Auteursfoto: © Mir Verkaaik
Typografie en zetwerk: Michiel Niesen, ZetProducties, Haarlem

ISBN 978 90 499 5171 9
NUR 301

www.uitgeverijmistral.nl
www.fmbuitgevers.nl
www.twitter.com/Mistral_boeken

Meer weten over onze boeken? Schrijf je in voor de nieuwsbrief
op www.uitgeverijmistral.nl

– 1 –

Wanneer ik uit de trein stap, lik ik zweetdruppels van mijn bovenlip. Zout. De smaak van groentesoep. Getik van hakken in de stationshal. In mijn hand een aktetas, mijn haar strak achterovergekamd en in een wrong opgestoken. Type schooljuffrouw, gouvernante. Streng, te streng misschien. Maar wat anders? Die hele bos los? Nee. Het is tenslotte mijn eerste werkdag.

Het gebouw, vierkant en hoog, doemt voor me op. Kolossaal, lelijk ook. Sfeerloos. Overal glas. In de zomer zal het heet zijn en de ramen kunnen niet open. Als ik op de bel druk, schuiven de deuren opzij. Maken daarbij een kreunend geluid, smartelijk, of ze geen zin hebben, moe zijn. Rechts: trappen. Links: de lift. Ik kies de trappen. Uit gewoonte mijd ik liften, spieren moeten fit blijven anders slapen ze in. Zes trappen. Een vrouw achter de balie. Bril en een hoofd zo groot dat het bijna niet op haar nek past. Als ze glimlacht zie ik dat ook haar tanden buiten proportie zijn. Of ik even wil plaatsnemen, ze zal doorgeven dat ik er ben.

Tien minuten, twintig minuten. Ik doe mijn jas uit en dan weer aan. Het tocht in mijn nek. Zonder iets te lezen, blader ik door tijdschriften. Aan het plafond hangt een videoscherm. Niets erop. Zwart. Niet eens een logo.

Voetstappen in de gang die dichterbij komen. Daar is hij, directeur Antoin, mijn nieuwe baas. Lang, hoekig en mager. Krullen. Limburger, weet ik uit onze eerdere gesprekken. Donkere ogen, eronder kringen. Hij slaapt te weinig, dat zie je meteen. Er worden handen geschud. Zich vooroverbuigend, helpt hij mij bij het uitdoen van mijn jas en vraagt of ik hem wil volgen.

Gangen die overgaan in andere gangen waar geen eind aan lijkt te komen. Door een glazen wand zie ik gezichten, achterhoofden. Aardig, onaardig? Mijn hart klopt harder dan normaal.

Antoin houdt zijn pas in en stapt een kamer binnen. Zijn kamer is klein, zeker voor een directeur. Een bureau, twee stoelen en een tafel volgestouwd met tijdschriften, kranten en papieren. Nadat hij heeft plaatsgenomen aan zijn bureau, gebaart hij mij te gaan zitten op de stoel ertegenover, dichtbij het raam.

Buiten zie ik een binnentuin waarin een vijver is aangelegd. Daarachter bomen, ik zie een eekhoorn klauteren. Kijk eens, wil ik roepen, maar kan me inhouden. Stel je voor... Snel wend ik mijn blik af en kijk naar de punten van mijn schoenen die ik vanmorgen heb gepoetst maar waaraan nu modder kleeft. Verdorie. De regen zeker, daar kan geen schoenpoets tegenop.

Of ik er klaar voor ben, vraagt hij, toe aan een nieuwe wending in mijn carrière? Terwijl hij praat, schuift hij zijn stoel naar achter, tot aan de muur.

Ik knik. Mijn handen zijn gebald alsof ze elk moment een klap zullen uitdelen. Ontspannen, ontspannen...

Omdat hij verder niets zegt, knik ik een tweede keer. Misschien heeft hij mijn eerdere knik niet opgemerkt en wacht hij nog steeds op antwoord, denkt hij dat ik eraan twijfel, aan die nieuwe carrière, en dat wil ik niet. Want wat hij niet weet, is dat ik niet veel keus had, dat ik met ontslag werd bedreigd. Daarover heb ik mijn mond gehouden tijdens de sollicitatiegesprekken. Na vijfentwintig jaar eruit gegooid. Reorganisatie, noemen ze dat. Leugens. Discriminatie: alleen veertigers en vijftigers werden ontslagen. Op straat gezet bij het oud vuil.

Stilte.

Op de achtergrond hoor ik stemmen, een kraan die loopt, het rinkelen van servies. Koffiepauze? Voor mij in elk geval niet. Ik heb nog niets aangeboden gekregen. Op het bureau van Antoin staan kopjes en een suikerpot, maar de koffie ontbreekt. Ik wil er niet om vragen. Mijn ogen glijden over de muren, kaal, er hangt een kalender. Verder niets. Een kalender van Unicef. Op de foto spelen kinderen uit een of ander Aziatisch land, naakte bovenlijfjes. Ik zou zo met ze willen ruilen, hup, ik die kalender in en zij hier in deze kamer tegenover directeur Antoin, die het zwijgen uitgevonden lijkt te hebben.

Mijn trui prikt. Kriebels op mijn rug, armen. Stom. Ik had geen wol moeten aandoen en zeker niet iets van lamawol.

Katoen was beter geweest. Ongemakkelijk schuif ik heen en weer in een poging de jeuk te sussen, al is het maar een beetje.

Hij kijkt naar mijn schoenen, zijn ogen blijven rusten op de punten, daar waar de modder zit. Snel vouw ik mijn benen om de poten van de stoel heen.

Dat het geen groot bedrijf is, hervat hij het gesprek, een familiebedrijf, waarvan zijn broer en hij de eigenaars zijn. Ja, ja, beaam ik, en hoop dat hij niet zal uitwijden over al die verschillende verzekeringen die hij verkoopt, want daarover heb ik al genoeg gehoord in eerdere gesprekken.

Eerlijk gezegd krijg ik liever uitleg over mijn baan, taken, een inwerkprogramma, stappenplan. Er is nog zoveel onduidelijk. Over mijn arbeidsvoorwaarden weet ik bijna niets. Als ik hiernaar informeer, antwoordt hij dat dit allemaal later aan de orde zal komen. Ongeduld in zijn stem. Ik vraag niet verder, wil in geen geval eisend overkomen. Aardig blijven, heb ik mezelf ingeprent voor de spiegel vanmorgen, zo veel mogelijk glimlachen, dan oog je een stuk vriendelijker.

Na zijn stoel te hebben teruggeschoven naar het bureau, staat hij op en loopt naar de deur. Ook ik sta op. Achter elkaar gaan we de kamer uit. Daar, wijst hij, daar is mijn werkplek.

Werkplek? Is dat een grap? Dit is veel meer dan dat. Dit is geen bureautje weggemoffeld achter in een te volle ruimte zoals ik gewend ben, maar een echte kamer. Groot, L-vormig en met uitzicht op een park. Naast de deur: een bordje met mijn naam erop. Als in een roes stap ik naar binnen. Was ik alleen geweest, dan had ik een sprongetje gemaakt. Of sterker nog, een vreugdedans. Alles ruikt nieuw en zo ziet het er ook uit. Het tapijt is wit, smetteloos, de lamellen glinsteren alsof ze net zijn bevestigd.

Dat moest ik maar gaan lezen, zegt hij en hij wijst op een stapel papieren op het bureau. En, o ja, eind deze maand staan we met een stand op de beurs.

Weg is hij, zonder de deur te sluiten.

Voorzichtig neem ik plaats op de bureaustoel, mijn stoel. Wil niets beschadigen of vies maken. Eronder zitten wieltjes. Rol naar achter en terug terwijl mijn vingers glijden over het bureaublad, toetsenbord, computerscherm. Het is voor het eerst dat ik een kamer helemaal voor mijzelf heb. Hij oogt weliswaar kaal, ongezellig, maar dat is te verhelpen, een kwestie van aankleden. Twee of drie foto's, planten en de sfeer is gemaakt.

Opstaan, zitten, weer opstaan. De stoelt veert mee. Hij is beslist ergonomisch verantwoord. Buiten zie ik een rij bomen, kastanjebomen. Er zitten vogels in. Langzaam buig ik me naar het raam toe, verder en verder totdat ik het aanraak. Koel, kouder dan ik had verwacht. Ik trek mijn hoofd terug en als ik mezelf weerspiegeld zie in het glas, kan ik niet anders dan bevestigen: ja ze vallen op, zijn duidelijk te zien. Rimpels. Rondom mijn ogen, voorhoofd, mijn mond... Gescheurd perkament. Precies een week geleden ben ik vijftig geworden. De Sarahslingers bungelen nog in de woonkamer. Ik heb ze met zoveel tegenzin opgehangen dat ik de moed niet heb om opnieuw die trap op te klimmen en ze weg te halen.

Vijftig.

Ongemakkelijk, zo'n vijftigste verjaardag. Terwijl je er niet meer onderuit kunt, moet erkennen dat de helft erop zit, verwacht iedereen een groots festijn. Waarom? Hoe je het ook bekijkt, benoemt of verzwijgt: de dood komt in zicht. Versluierd misschien, vaag als een meeuw in een misthoos, maar onverbiddelijk.

Wat is er leuk aan vijftig worden? Bovendien was het de eerste verjaardag zonder mijn vader. Een feest zonder feestgevoel. Achteraf bedacht ik dat ik dat hele gedoe gewoon had moeten overslaan. Had ik naar mijn gevoel geluisterd, dan was het ook zo gegaan. Maar ik heb me toch laten inpakken door de macht der gewoonte. Een verjaardag vier je en zeker als het je vijftigste is.

Op de dag zelf, de verjaardag, hemelde iedereen mijn leeftijd op. Of ze het hadden ingestudeerd. Met z'n allen een cursus gevolgd: wat te zeggen als iemand vijftig wordt:

Vanaf nu kun je het rustiger aandoen.

Het leven begint op je vijftigste.

Troisième âge.

Lekker genieten van je vrije tijd.

Een wee gevoel in mijn maag, buik, overal. Ik wil helemaal geen rust en hoepel op met die vrije tijd. Ik wil midden in het leven staan, meedoen, actief zijn.

Dat meen je niet...

Natuurlijk meen ik dat. Dit is mijn moment. De kinderen zijn groot, volwassen bijna. Nu kan ik een nieuw begin maken.

Geen antwoord. Stilte. Blikken, meewarig.

Ach, als jij dat zo wilt zien...

Ongeloof ook in die ogen. Instinctief kijk ik achterom, naar mijn moeder, als een kleuter die steun zoekt omdat haar schepje is afgepakt. Zo is het toch mam, jij weet het, jij hebt het allemaal al meegemaakt. Zeg dat ik gelijk heb, mam, snoer al die anderen de mond, want het klopt toch wat ik zeg, een nieuw begin?

Zij zegt niets, heeft de hele tijd amper iets gezegd; een paar beleefdheidsfrasen als het echt niet anders kon. In haar hand: een lepeltje. Het is een hand die ik haast niet herken als de hare door alle aders en de dofheid van de huid. Ze roert door haar koffie. Afwezigheid in haar blik. Waar is ze met haar gedachten? Denkt ze aan papa, zou het gemis toch zwaar drukken, ondanks dat ze verklaarde geen verdriet te voelen maar alleen dankbaarheid omdat hij zo mooi en vredig is gestorven?

Het is bijna een halfjaar geleden dat mijn vader stierf, onverwacht. Hartaanval. De dag na de crematie gooide mijn moeder meteen al zijn schoenen en kleren weg. Zelfs zijn zakdoeken.

Hij is toch dood, wat moet ik ermee?

Omdat ik niet wist wat daarop te antwoorden, haalde ik mijn schouders op. Inderdaad, wat moest ze ermee? Het was alleen, het voelde raar, te snel, rigoureus.

Flauwekul, oordeelde zij: dood is dood. Vals sentiment, daar deed ze niet aan, en onder het uitspreken van die woorden keek ze naar mij alsof ze wilde zeggen: En jij ook niet.

En nu? Toch rouw, pijn? Ik wil naar haar toe gaan, mijn hand op die schouders leggen, die frêle botten voelen. Maar mijn benen doen niet mee, ik kan ze eenvoudigweg niet bewegen, of ze zijn gegoten in gips, vastgenageld. Als ze het kopje naar haar mond brengt, ontmoeten onze blikken elkaar. Er wordt geglimlacht.

Ja, papa – ik sluit even mijn ogen – ja, ik zal voor haar zorgen, dat heb ik je beloofd op die ochtend dat je stierf. De zon kwam op, rood, de hele lucht was gekleurd. In coma lag je, overal draadjes, buisjes, zonder beademing zou je het geen seconde volhouden. Dat je rustig kon gaan, fluisterde ik terwijl ik de donshaartjes streelde op de binnenkant van je arm, pols. Mama kon je aan mij toevertrouwen, ik zou er voor haar zijn, altijd.

Een zoemtoon: mijn mobiel. Man stuurt een sms'je. *Hoe is de nieuwe baan?*

Koud, sms ik terug met kippenvel op mijn armen.

Waar zit de verwarming, hoe werkt hij? In deze kamer is alles gestroomlijnd, als in een ruimtecabine. Er is geen snoer te zien, geen lichtknop, geen kabel.

Kruipend inspecteer ik de kamer. Ergens moet toch iets… Maar niets, niets. Juist op het moment dat ik de moed opgeef en overeind kom, zwaait de deur open: een man, gekleed in pak met vlinderdas, alsof hij op weg is naar het theater, de opera. Snel schiet ik omhoog. Ik steek mijn hand uit.

Ik ben de nieuwe pr-medewerker.

Hij knikt met een blik waaruit valt op te maken dat hij dat allang weet. Natuurlijk, ik had mijn naam moeten noemen en niet mijn functie.

Sorry, mompel ik en besef tegelijkertijd hoe dom dat klinkt. Waarom sorry? Waarvoor? We kijken elkaar aan. In zijn ogen een blik die het midden houdt tussen spot en nieuwsgierigheid. Hij is groter dan ik, zeker een kop, ik voel me nietig. Om mij heen lopend, legt hij twee ordners neer op mijn bureau. Die zijn voor mij, alles over de beurs zit erin.

Beurs? O, ja die stand, natuurlijk. Al knikkend probeer ik me te herinneren wanneer het ook alweer was, wat voor beurs en waar?

Zonder nog een woord te zeggen, loopt hij de kamer uit. De grond trilt onder zijn voetstappen.

Weer een sms'je. Vriendin Trix. Hoe het bevalt?

Ik antwoord niet, ik blader in de ordners. Twee vingers tegen mijn voorhoofd. De 'to do'-lijstjes schieten langs. Als de telefoon gaat, schrik ik: wie kan dat zijn?

De collega van daarnet. Of ik de ordners al heb bekeken? En dat ik in de 'to do'-lijstjes zijn naam moet doorstrepen en mijn naam daarvoor in de plaats moet zetten.

Natuurlijk, natuurlijk. Als de verbinding wordt verbroken, bedenk ik dat zijn naam helemaal niet weet.

Na twaalven neemt Antoin me mee voor een voorstelronde. Zijn zangerige accent geeft me het gevoel op vakantie te zijn. Ik kan er geen genoeg van krijgen, geniet van elk woord dat hij uitspreekt, ook al zijn dat er niet veel.

Een rij gezichten trekt langs. Veel namen. Kan ik nooit allemaal onthouden. Ecntje zal ik niet vergeten. Die van mijn buurman. Teun. Past zo helemaal niet bij hem. Hij is veel meer een Ronald of een George. Iemand met een vlotte naam. Een dubbele voor mijn part, Jan-Willem of zo, maar niet, geen Teun. Tijdens het voorstellen lijkt het of hij mijn blik vermijdt. Misschien schaamt hij zich zelf ook wel voor die naam.

Een paar vrouwen passeren de revue, maar de meerderheid is van het andere geslacht. Mannen. In alle maten, leeftijden en genres. Allemaal in pak. Zou dat verplicht zijn, vraag ik me af, al handen schuddend en glurend naar hun glimmende schoenen. Ik vertel wat ik kom doen, tientallen keren, en waar ik eerder werkte.

Daar hebben ze nog nooit van gehoord, wat voor organisatie?

Een woningbouwvereniging, verduidelijk ik.

Het zegt ze niets, ze wensen me succes en gaan door met hun werk.

Later die middag, in mijn eigen leaseauto op weg van Hilversum naar Amsterdam, naar huis, zet ik de radio hard, hard, harder. Het is voorbij, mijn eerste dag in een wereld zonder inwerken, van mannen in pakken, kamers zonder snoeren. Wie had kunnen denken dat ik daarin terecht zou komen?

Ik merk direct dat er iets aan de hand is als ik de woonkamer binnenstap. Man, zoon en dochter zitten naast elkaar op de bank. Ze zien bleek, grauwig. Er wordt niets gezegd. In elk geval leeft iedereen nog, flitst het door me heen terwijl ik verder de kamer in loop.

Wat is er gebeurd? Ik probeer mijn stem rustig te laten klinken zoals een moeder betaamt. Niet hysterisch worden, daaraan hebben ze een hekel, vooral mijn dochter.

Zijn iPhone is gestolen, zegt dochter, zoals altijd helemaal gekleed in het zwart – gothic heet dat, en daar horen ook piercings bij maar die heb ik tot nu toe kunnen tegenhouden. Mijn echtgenoot mengt zich in het gesprek. Die klootzakken ook. Je kunt tegenwoordig niet eens meer de straat op zonder te worden beroofd.

Dochter knikt en begint aan een opsomming van alle diefstallen waarover zij ooit heeft gehoord, gelezen of iets heeft gezien op televisie.

Alleen zoon zegt niets. Als een standbeeld zit hij op de bank, niet eens onderuitgezakt zoals gewoonlijk, maar rechtop, alsof hij de wacht houdt. Wanneer hij een pluk haar naar achter schuift, zie ik dat zijn hand trilt.

Langzaam loop ik naar hem toe. Wil niets liever dan mijn armen om hem heen slaan, om deze lange slungel, en hem tegen me aan drukken. Geeft niet, wil ik zeggen, fluisteren in zijn oor zoals ik hem vroeger troostte als hij was gevallen, of zich pijn had gedaan. Geeft niets, dat je bang bent geweest, niet zo dapper als je had willen zijn, ik hou van je, onvoorwaardelijk.

Maar de blik in zijn puberogen weerhoudt me. Op afstand blijven mama. Geen lichamelijkheden. Het knuffelen ben ik ontgroeid, allang.

Met een wee gevoel in mijn maag ga ik naast hem zitten, op het uiterste puntje van de bank, aktetas in de hand, mijn jas nog aan.

Hij schuift op, weg van mij, dichter naar zijn vader.

Wat is er precies gebeurd?

Hij haalt zijn schouders op.

Ze hebben mijn iPhone gejat, twee gozers op een scooter.

Verdomme. Ik zet de tas op de grond en rits mijn jas los.

Bij het stoplicht, voegt hij toe.

Maar je bent niet…?

Nee, onderbreekt hij mij met ongeduld in zijn stem. Niet gevallen of zo, het ging heel snel.

Verdomme, zeg ik nog een keer.

Zo gaat dat nou tegenwoordig, het is een zootje… valt de echtgenoot in.

Jemig, man, daar gaat het nu toch niet om. De woorden schieten eruit voor ik er erg in heb, scherper dan bedoeld.

Het gezicht van de echtgenoot verkleurt, hij doet zijn mond open of hij iets wil zeggen. Daar zal je het hebben. Vliegen wij elkaar in de haren, dat is net wat we niet nodig hebben. Spijt van die uitval. Aan de andere kant, ik verdraag het niet, zijn uitweidingen, eindeloos. Het is alsof ik geen geduld over heb, in elk geval niet voor hem. De bodem is bereikt, geen reserve meer.

Sorry, zeg ik snel, sorry.

Zie hem ontspannen; gevaar geweken.

Krijg ik een nieuwe? Zoon kijkt van mij naar zijn vader en terug. Zijn ogen staan ineens minder dof, er zitten weer lichtjes in.

Wel tien iPhones wil ik hem geven, honderd, als dat de glimlach kan terug toveren op zijn gezicht. We wisselen blikken uit, de echtgenoot en ik, zijn het eens.

Tuurlijk, en je krijgt een mooiere dan je had, zeg ik haast plechtig.

Zoon springt op: Cool, dan heb ik lekker een betere dan jij, zegt hij tegen zijn zus.

Nou en? Ze loopt de kamer uit. Gestamp op de trap, de

deur van haar kamer wordt dichtgegooid.

Zoon zet de televisie aan: MTV. Alles is terug bij normaal. Het plafond trilt onder de voetstappen van dochter. Mijn hart heeft zijn gewone ritme hervonden. Als ik wil opstaan om mijn jas aan de kapstok te hangen, laat ik me halverwege terugvallen op de bank. Voel nu pas hoe moe ik ben. Uitgeput bijna. Wanneer de echtgenoot vraagt hoe het was vandaag, de nieuwe baan, weet ik even niet waarover hij het heeft.

Broer, mijn broertje, zit tegenover mij in het café en trekt de rimpel tussen zijn wenkbrauwen, zijn denkrimpel, hoog op. Nog altijd is hij mooi, gaaf van huid met een krullenbos en oneindig blauwe ogen. Niemand ziet dat wij broer en zus zijn. Hij zo helemaal Hollands glorie en ik: klein en donker, erfenis van mijn Italiaanse grootvader.

Je moet wel van hem houden, van mijn broer, dat kan niet anders. Een zondagskind. Alles zat hem mee, altijd. En ik heb zo lang op hem moeten wachten: twaalf jaar.

Tussen ons in is een zusje geboren. Ze overleed op de dag van haar geboorte, heeft maar een paar uur geleefd. Ik was vier toen dat gebeurde, ging net naar de kleuterschool. Heb het niet zo bewust meegemaakt, alleen het verdriet van mijn moeder staat me nog helder voor de geest. Gordijnen dicht, ook overdag. De geur van vocht om haar heen, van tranen, ook al zag ik haar nooit huilen.

Broer heeft er niets van meegekregen, er werd weinig over gepraat, niet eigenlijk, of in elk geval zo min mogelijk.

Pas toen ik in de zesde klas zat, werd hij geboren. Daarvoor, al die tijd, was ik alleen in een klas waar alle kinderen wel broers en zussen hadden. Afwijkend. Anders dan de anderen. Ook door mijn oog, dat lui was, afgeplakt. Een eenogig enig kind. Tenminste, als je dat zusje niet meerekent, en dat deed ik niet, want ja, dat was dood en dooie kinderen tellen niet.

Eindelijk, eindelijk, na broertjes geboorte, voelde ik me meetellen in de klas, ook al was hij dan een baby en kon hij niets. Maar toch… Ik had iemand, een broer, was geen uitzondering meer, tenminste op dat vlak, want ik had natuurlijk nog wel dat oog, maar hij ging eraf, de pleister. Mijn moeder en de dokter wisten het zeker, alleen wisten ze niet wanneer.

Broertje. Een blonde god. Speels, een vrolijk kind. Zij heeft weinig van hem genoten, mijn moeder. Te oud. Het waren de nachten die haar opbraken. Moe, doodmoe. Dagen in bed, zelfs als de zon scheen en broertje kraaiend door het huis banjerde. Ik achter hem aan, want iemand moest op hem letten en op het huis, zijn privéspeeltuin, waar zijn regels golden, en vooral die ene: mollen die boel.

Gek dat ik me zoveel kan herinneren van mijn moeder, tot in de kleinste details, en van mijn vader veel minder, niets bijna. Een in zichzelf gekeerde man. Zwijgzaam. Kwam altijd laat thuis, in de winter was het allang donker wanneer ik zijn sleutel in het slot hoorde. En verder? Hij verzamelde postzegels, werkte bij de belastingen. Broertje liet hij paardrijden op zijn been. Mij niet. Daarvoor was ik te oud. En trouwens, dat was niets voor meisjes.

Eén ding zie ik wel heel duidelijk voor me: vader, broertje, ik en Corry, het paard van de schillenboer. Het paard dat we altijd samen voerden. Oude broodkorsten. Iets anders mocht niet van mijn moeder ondanks onze smeekbeden. Mochten we niet een keer iets anders geven, een wortel? Wortels geven we alleen aan het paard van Sinterklaas, luidde het antwoord. Die schillenman was de enige boer die ik kende, stadskind in hart en nieren, ook al woonde ik in een dorp. Haarscherp herinner ik mij de klompen die hij droeg, met van die geitenwollen sokken om zijn voeten. Kon mijn ogen daar niet van afhouden. Terwijl de man bezig was met schillen ophalen bij de mensen in onze straat, tilde mijn vader broertje op, anders kon hij niet bij Corry's mond komen. Ik was trots dat ik het wél kon.

Hoelang geleden is dit allemaal? Zeker meer dan dertig jaar. Zou hij zich iets hiervan herinneren, mijn broer, die nu met een wijnglas in zijn hand vraagt waarom ik in godsnaam ben begonnen aan een nieuwe baan? Ik werkte al meer dan twintig jaar op dezelfde plek, met alle zekerheid van dien. Ik had dat ontslag toch op z'n minst kunnen aanvechten.

Dat het niet alleen ging om ontslag, antwoord ik, maar dat ik ook iets anders wilde, aan iets nieuws beginnen. Trouwens, ik heb die zekerheid echt niet domweg overboord gegooid. Juist daarom heb ik een vaste aanstelling bedongen. Voor minder had ik deze overstap nooit gemaakt. Al pratend kijk ik naar mijn handen. Vlekken. Steeds meer. Bij hem niet, zijn handen zien er glad uit, goed verzorgd ook. De nagels niet te kort noch te lang.

Vaste aanstelling… Hij snuift of hij iets vies ruikt. Klinkt misschien indrukwekkend maar het betekent niets. Als ze je eruit willen hebben, is dat zo gepiept.

Hoezo, wil ik vragen, voel mijn maag samentrekken. Voordat ik iets kan inbrengen, gaat hij alweer verder. Natuurlijk wil iedereen weleens andere dingen doen. Maar of het nou verstandig is om op zo'n leeftijd, vijftig nota bene, alle schepen achter je te verbranden... Hij had me een goede advocaat kunnen aanbevelen, had ik er op z'n minst een leuk zakcentje aan kunnen overhouden. Door wat ik nu heb gedaan, zelf ontslag genomen, krijg ik geen cent.

Stilte. We kijken tegelijk op wanneer een tram kortsluiting veroorzaakt en de bovenleiding vonken afwerpt.

Dat vijftig zo oud niet is, werp ik tegen. Zacht, te zacht. Hij luistert niet. Het spreekt vanzelf dat ik het allemaal zelf moet weten, het is mijn leven en niet het zijne, besluit hij terwijl hij zijn bril afzet, de glazen schoonmaakt en hem weer opzet.

Opnieuw een stilte. Ik zoek naar woorden, iets, maar kan niets bedenken. Met moeite slik ik een paar keer. Deze afspraak had een feest moeten zijn, mijn feestje, iets waarop ik me had verheugd. Hij had in het licht moeten staan van enthousiasme, blijdschap over mijn nieuwe baan. In plaats daarvan is het een kruisverhoor, een ondervraging; en het ergste is: ik begin te twijfelen, voel mijn overtuiging wegzakken.

En de kinderen? vraagt hij na een tijdje. Hoe moet dat als jij in plaats van drie, vier dagen gaat werken?

De kinderen? Ik verslik me in mijn wijn, moet hoesten. Kinderen... Wanneer heeft hij zich ooit eerder bekommerd om mijn kinderen? Was ik niet degene die hem altijd herinnerde aan hun verjaardagen, afzwemmen en noem maar op?

Mijn stoel achteruitschuivend, zeg ik dat ik naar het toilet moet. Voordat ik me omdraai zie ik zijn hand verdwijnen in het schaaltje borrelnoten. Hij is een snoeper, altijd geweest. Een mollig jochie, vet op zijn dijtjes, billen om in te bijten. In het toilet hou ik mijn polsen onder de kraan. Diep ademhalen. Een twee in en drie vier uit. Nu kan het wel weer. Terug op mijn stoel. Het bakje is leeg, alles opgegeten. Hij wenkt de ober, wijst naar onze glazen, inmiddels ook leeg, en naar het bakje.

Mijn kinderen zijn geen kleuters meer, begin ik. Het zijn pubers. De oudste zit al op het hbo.

Hij wuift mijn woorden weg met een bierviltje waarop iets staat geschreven wat ik niet kan lezen op het eerste woord na: *Fuck.*

Juist pubers hebben veel aandacht nodig, daar vergissen mensen zich nou altijd in. In de puberteit slaan alle hormonen op hol, dus dat is nou uitgerekend de tijd dat je thuis moet zijn als ze van school komen.

Onzin. Mijn stem klinkt hoog. Onnatuurlijk. De mannen aan het tafeltje naast ons kijken op. Allebei een bril en kaal met een streepjesoverhemd.

En jij dan, jij werkt in Brussel, jij bent alleen in het weekend thuis. Hebben pubers dan geen vader nodig? Zweetdruppels op mijn bovenlip. Ik veeg ze weg, snel, driftig, de mouw van mijn blouse eroverheen.

Die stem, die toon, ben ik dat? Fel. Vanwaar dat korte lontje? Niets voor mij. Ben ik niet degene die zich inzet voor harmonie, er alles aan doet om meningsverschillen te sussen, uit de weg te ruimen? Sterrenbeeld: weegschaal. De dingen in evenwicht houden, altijd en overal. Het is, lijkt wel of ik me niet meer kan inhouden de laatste tijd, mijn zelfbeheersing kwijt ben sinds… ja, sinds wanneer eigenlijk?

Die ruzie met mijn moeder laatst door de telefoon. Ook zoiets. Ongekend. Er is nooit een hard woord gevallen tussen ons. Terwijl die keer… Ik heb haar overstelpt met verwijten, beschuldigingen. Veel herinner ik me niet, als een soort black-out, maar ik weet wel dat ik haar egoïstisch noemde, wreed en ongevoelig. Dat ik de hoorn op de haak heb gegooid, zo hard dat hij ernaast viel.

Daarna: stilte. Een stilte die bang maakt. Pure horror. Mijn hart bonkte toen ik terugbelde. Warm of ik koorts had. Neem op, bad ik, neem alsjeblieft op zodat ik weet dat je nog leeft, dat ik je niet heb gedood met mijn woorden, mijn kwaadaardigheid.

We noemden geen namen. Dat hoefde ook niet. Zij wist direct dat ik het was. Tranen natuurlijk. Ik kon amper praten, moest elke keer diep inademen voordat ik iets kon uitbrengen.

En de aanleiding? Niets om je over op te winden, niet echt. Ze had de as van mijn vader laten uitstrooien zonder overleg met ons, met haar kinderen.

Had jij het dan anders gewild? vroeg ze. Had je zijn urn op de schoorsteen willen zetten?

Nee, dat ook weer niet.

Nou dan…

Tja… Excuses, een paar keer herhalen, en dat ik echt niet meende wat ik allemaal had gezegd.

Al goed, al goed, troostte ze.

Maar toch, ergens in die stem, haar manier van praten, hoorde ik ongeloof, ontsteltenis. Is dit mijn dochter, mijn kind? Zo ken ik haar niet.

Broer reageert daarentegen helemaal niet op mijn uitval, blijft er onaangedaan onder en graait in het schaaltje dat zojuist is aangevuld. Niet met borrelnootjes dit keer, maar met pinda's. Hij lijkt het verschil niet eens te merken, propt alles zijn mond in en spoelt het weg met wijn. Hij drinkt snel, ik hou hem niet bij. Als hij een volgend glas bestelt, gebaar ik dat ik niet wil.

Dan verandert hij van onderwerp, vraagt waar we naartoe gaan met vakantie dit jaar, opnieuw naar het zuiden of eens wat anders, Scandinavië misschien? Zijn toon is neutraal, alsof hij het tegen een vreemde heeft, alsof we elkaar niet ons hele leven al kennen. Mijn maag trekt samen.

Even overweeg ik om op te staan en weg te lopen, het café te verlaten zonder iets te zeggen. Stel je voor… Hoe zou hij reageren? Achter me aan rennen, mijn naam roepend, en bidden, smeken om terug te komen? Nee, mijn ogen dwalen over zijn gezicht, nee dat doet hij niet. Hij niet. Dit zondagskind zou gewoon naar huis rijden, naar die villa in Bergen op Zoom, zijn charmante vrouw knuffelen, de kinderen een kus geven en het niet eens hebben over wat er is voorgevallen tussen zijn zus en hem. En dat zwijgen is niet ingegeven door schaamte of schuldgevoel maar gewoon door onverschilligheid.

Broer begint om zich heen te kijken, naar de klok, naar andere mensen, hij wil weg. Nu moet ik het vragen, nu, over een minuut, een seconde is het te laat. Dit is het moment, het enige.

Ben je niet blij voor me? vraag ik. Al is het maar een klein beetje, per slot van rekening heb ik een nieuwe baan gevonden.

Blij? Tuurlijk. Zeker, dat spreekt vanzelf, daar gaat het niet om. Opnieuw glijdt zijn blik weg.

Daar gaat het nou juist wel om, hoor ik mezelf zeggen, en daarna zeg ik nog veel meer. Het komt er achter elkaar uit, alsof ik een sluis opengooi. Weg met de lieve vrede, ik breng het niet op, niet meer. Snel pratend, ratelend, ga ik verder; een waterval. Dat ik me levend begraven heb gevoeld in al die zekerheid van de afgelopen twintig jaar. Dat ik daar alleen bleef omdat ik dat werk kon combineren met thuis, met de kinderen. Ik moest me ernaartoe slepen, elke dag opnieuw, met een tegenzin die groeide en groeide. Daarom volgde ik cursussen in de avond, de weekenden, om te kunnen ontsnappen, ooit. En nu is dat eindelijk gelukt...

Hij kijkt langs me heen, vermijdt mijn ogen terwijl ik die van hem zoek, want ik wil zo graag dat hij mij begrijpt en inziet dat ik geen egoïstisch mormel ben dat haar kinderen verwaarloost, maar een kans zie die ik moet grijpen. Een pluk haar valt voor zijn ogen, hij strijkt het naar achter en dan ontdek ik dat hij grijzend is aan de wortel. Ook hij wordt oud, zelfs hij, broertje, de oogappel van het huis, zoveel mooier, knapper dan zijn zus met haar luie oog.

Begrijp je dat? vraag ik, al bijtend op mijn onderlip.

Als hij mijn handen pakt, zucht ik. Zie je wel, hij is oké, die broer van mij, een beetje ijdel misschien, arrogant soms, maar in zijn hart, diep vanbinnen is hij van goud.

Hij neemt het mij niet kwalijk, zegt hij, wat hem betreft is er niets vervelends tussen ons voorgevallen. Het is de overgang, hormonen, alle vrouwen van mijn leeftijd hebben daar last van, het gaat voorbij, het is tijdelijk, ik moet me vooral geen zorgen maken.

Op de fiets naar huis vraag ik me af of er een wet is, een ongeschreven wet waarin staat dat alles wat vrouwen na hun veertigste doen wordt bepaald door de overgang. Net of je na een bepaalde leeftijd geen vrije wil meer hebt, niet langer mens bent maar een dier, voortgestuwd door hormonen waarop je geen vat krijgt.

Dat ik erin zit, in de overgang, staat buiten kijf. Mijn menstruatiecyclus, voorheen het toonbeeld van regelmaat, is nu zo grillig als een pasgeboren baby. Dan weer maanden niets en plotseling om de twee weken een tsunami.

Hoe vaak ben ik niet wakker geschrokken met het gevoel in een zwembad te liggen? Alles nat en kleverig. Gelukkig slapen we op een dubbel matras, want ik moet er niet aan denken dat de echtgenoot deze ervaring met mij moet delen – en niet één keer maar vaker. Pyjama uit, lakens verschonen, in de wasmachine, jezelf opfrissen… en dat alles in het holst van de nacht. Zachtjes, om niemand wakker te maken, want al dat bloed…

De overgang.

Als een aap op je schouder, aanwezig bij alles wat je doet, tenminste, in ogen van anderen, de buitenwereld. Vorige week ging ik naar de huisarts vanwege jeukbultjes op mijn rug en kwam ervandaan met een recept tegen opvliegers. Die bultjes zouden veroorzaakt zijn door te veel transpiratievocht en dat lag weer aan opvliegers. Ik moest tien minuten kijken naar een wandplaat, een schematische weergave van alles wat er op deze leeftijd veranderde in mijn lichaam. Een aardverschuiving, aldus de dokter, en ik moest het vooral niet onderschatten.

Tja, als je het zo bekeek, dacht ik, al starend naar de plaat vol eileiders en baarmoeders. Inderdaad, niet mis, al het oestrogeen dat afnam of nee, was het niet juist testosteron dat verdween uit mijn lichaam? Geen idee. Conclusie luidde in elk geval dat een vrouwenlichaam in de overgang gelijkstond aan een chemische fabriek.

Was ik maar als man geboren, denk ik. Lekker simpel, zo'n mannenleven. Vruchtbaar tot het einde, geen gedoe met hormonen die je persoonlijkheid overnemen en je uiterlijk aantasten, opvreten totdat er niets anders over is dan een gatenkaas. Vindt iemand het raar dat een man van baan verandert op zijn vijftigste, langer gaat werken, zijn kinderen daardoor minder ziet? Nee, drie keer nee.

Mijn voet schuurt langs de trapper. Verdomme. Pijn. Ik fiets hard en ook nog over de stoep omdat er een auto in de weg staat. De overgang, meneer, ik kan er niets aan doen, wil ik roepen naar een voetganger die boos opkijkt omdat ik in volle vaart vlak langs hem rijd.

Thuis. Afstappen, het tuinhek door, ik gooi mijn fiets tegen de haag, hard, het stuur schiet erdoorheen, rechtstreeks de tuin van de buurman in.

– 2 –

Twee afwasmachines, een keukenblok en een koffiezetapparaat. Alles wit. Steriel. Zo ingericht dat van gezelligheid geen sprake is en nooit zal zijn. De commerciële wereld, zeg ik bij mezelf. Tijd is geld. Dus geen praatjes, sociale omgang. Nee, koffie halen, snel, en dan direct terug naar het bureau, aan het werk.

Alex.

Mijn tweede baas, Alex, is directeur van het filiaal in Apeldoorn. Broer van Antoin. Alex is de jongste van het stel. Een kleine man, komt tot aan de schouders van zijn broer. Maar dat geringe postuur compenseert hij ruimschoots door de manier waarop hij zich gedraagt. Alles wat hij doet, maakt indruk, trekt de aandacht. Hij loopt kaarsrecht, hoofd opgeheven, ademt diep en hoorbaar alsof alle zuurstof in de wereld hem toebehoort. Hem alleen. Als hij praat, vult zijn stem de hele ruimte en daarbuiten. Zelfs zijn accent kan de hardheid van dat geluid niet verzachten. Hij lacht niet vaak maar als hij dat doet, is het indringend. Het is geen prettige lach, niet aangenaam, maar eentje die in je hoofd blijft hangen, lang, zoals de sirene van een ambulance.

Als je Alex een keer hebt ontmoet, vergeet je zijn gezicht nooit meer. Het is getekend, misvormd bijna, door verbetenheid. Als hij als hond ter aarde was gekomen, zou hij een pitbull zijn geweest. Zie die lippen: dun en op elkaar, stevig en ferm. Klaar om toe te happen, te bijten, verscheuren.

Overleg tussen mij en mijn bazen. De eerste keer.

Beiden zijn te laat en beiden wijzen mij aan om koffie te halen. We zitten in de kleine vergaderzaal, een kamer zonder daglicht. De deur moet absoluut open blijven, denk ik, te weinig ventilatie. Drie mensen in zo'n hok, dat gaat stinken. Maar als ik terugkom heeft iemand de deur al dichtgedaan.

Binnen: de geur van mensen, van Antoin en Alex. Uitluchten is geen optie. Dicht die deur, gebaren de broers tegelijk. Alex ruikt scherp, ondanks pogingen tot camouflage met aftershave. Antoins geur is warmer, doet denken aan mijn oma. Absurd. Waarom in godsnaam? Ik adem diep, dieper. De associatie met oma blijft en dan weet ik het: mottenballen. Daarnaar ruikt hij, daarom die associatie, haar hele zolder was bezaaid met die ballen, in alle kasten, overal.

We hebben een uur voor dit overleg en er zijn al zeker twintig minuten voorbij. Mijn bazen doen of ze alle tijd hebben. Ze praten niet met mij maar met elkaar. Ze converseren over mijn hoofd heen, letterlijk, want ik zit tussen beiden in. Hun gezichten zijn naar elkaar toegewend.

Elke keer als ik probeer te interrumperen, worden er handen opgeheven, nu even niet. Voor de tweede keer haal ik koffie, al is het maar om even te ontsnappen aan de bedomptheid in dat hok.

In het laatste kwartier is het zover. Eindelijk. De hoofden draaien zich naar mij, tegelijk en met een ruk, als roofdieren die bloed ruiken. Twee paar ogen. Een met bril en een zonder. Ze vertonen weinig gelijkenis, de broers. Antoin heeft met zijn donkere krullen iets weg van een Franse zanger, een Julien Clercq, terwijl Alex kalend is met boksersneus. Het enige wat hun verwantschap verraadt zijn de handen. Identiek bijna. Lange vingers, slank als van een vrouw. Ze moeten die handen hebben geërfd van hun moeder.

Omgekeerd, met het gelaat naar mij toegewend, kijken ze niet in mijn ogen maar gluren ze naar mijn borsten. Allebei. De blikken van Antoin overtreffen die van Alex maar dat kan ook gezichtsbedrog zijn, omdat hij groter en langer is, en het meer opvalt als hij kijkt. Ik doe of ik niets in de gaten heb, of ik die pupillen niet zie gaan: omhoog, omlaag, weer omhoog. Het is niet dat ik bijzondere borsten heb, helemaal niet. Ze zijn klein en staan uit elkaar, zoals je dat ziet bij vrouwen uit Azië. Het enige opmerkelijke is misschien dat ik mijn borsten niet bedek met sjaaltjes of vormloze gewaden zoals veel vrouwen van mijn leeftijd.

Het gaat te ver om mij een mens van principes te noemen, maar sommige beginselen zijn mij heilig. Een daarvan is dat ik weiger verhullende kleding te dragen. Daarmee ben ik opgehouden, voor eens en altijd, toen ik mijn ouderlijk huis verliet en in Amsterdam ging wonen. Eindelijk, eindelijk mijn eigen kleding kopen. Voor anderen normaal, maar voor mij een droombeeld. Vanaf de dag dat moeder en ik samen mijn eerste bh kochten – een Hema-ding, wit met rode noppen – verplichtte zij mij wijde kleding te dragen omdat het anders te veel zou tekenen. Hoerig. Hoge hakken waren ook taboe. Dus liep ik de hele middelbareschooltijd rond op platte zolen in soepjurken of tunieken die inderdaad niets van mijn lichaamscontouren onthulden.

Die schade heb ik ingehaald in mijn studententijd, of beter gezegd: tijdens dat ene jaar dat ik studeerde, want daarna ben ik gestopt. Geen studiehoofd. Niet alleen mijn kledingstijl heb ik toen veranderd – hoe strakker hoe beter – maar ik ging helemaal los, als een veulen dat voor het eerst de wei in mag. Seks, drugs en rock-'n-roll. En dat allemaal in dat ene jaar. Niet korter en niet langer. Of ik die twaalf maanden nodig had om mijzelf voorgoed te bevrijden van mijn jeugd.

Nooit, voor niets en niemand, ga ik terug in de aardappelzakken waarin mijn moeder mij dwong te lopen. Ook al word ik honderd. Nee, die overwinning laat ik me niet afnemen.

Maar nu, op dit moment, vanwaar die belangstelling van Antoin en Alex voor mijn meisjes? Ik weet het werkelijk niet. Misschien denken ze dat het nepborsten zijn, siliconentieten, of vinden ze het aanstootgevend dat ik ze niet verstop in hoogsluitende coltruien.

Veel tijd om me in dit vraagstuk te verdiepen heb ik niet. Alex opent het gesprek met een spervuur aan vragen. Of het goed gaat, heb ik me al geïnstalleerd, wat doe ik zoal een hele dag? Loopt de beurs, is alles geregeld voor de stand?

Daar ga ik: de beurs ja, dat is een hele klus, en zo snel, ik ben net begonnen in deze baan, dus...

Voordat ik ben uitgesproken, draait Alex mij alweer zijn rug toe en hervat zijn gesprek met Antoin. Tussen twee zinnen door, wendt hij zich nog even naar mij, als er iets is waar ik niet uitkom, moet ik maar bellen. Trouwens, die hele beurs is een fluitje van een cent. Hij heeft alles geregeld, zelf de beursstand gereserveerd.

Moet ik er vooraf gaan kijken?

Nee, dat is niet nodig, antwoordt hij. Zonde van mijn tijd.

Wil ik extra materiaal, folders, flyers? Geen probleem.

Alex maakt een aantekening, hij zal ervoor zorgen. Een volgend overleg plannen vlak voor de beurs vindt hij onnodig.

Zo is het, valt Antoin hem bij, dat hoeft helemaal niet.

Later, Alex is allang vertrokken, ga ik de vergaderzaal binnen om de boel op te ruimen: kopjes, schotels, de kan met koud geworden koffie. De geur van Alex hangt er nog steeds, dringt mijn neus binnen, penetrant als in een apenhok. Op weg naar de pantry laat ik de deur van het zaaltje openstaan, hopelijk trekt het weg, dat aroma van Alex.

Utrecht. De beurs. Geen folders, geen flyers en een kleine stand ergens verstopt achter in de Jaarbeurs. Mijn bazen zijn nergens te bekennen. We zouden er toch om acht uur zijn, allemaal, en niet alleen ik? Ik bel, zweet, bel opnieuw, spreek de voicemail in: Komen jullie nog, en brengen jullie het materiaal mee?

De eerste mensen arriveren, lopen langs de stand, zo kaal, onaantrekkelijk. Wat heb ik te bieden, stencils, verder niets. Zelfs geen koffie. Had ik moeten halen natuurlijk…

Er komen meer mensen. Dan maar geen folders. Ik ga voor

de stand staan en deel mijn stencils uit terwijl ik bezweer dat er andere informatie op komst is, dat ze later terug moeten komen voor een verzekeringspakket op maat, helemaal afgestemd op hun behoeftes.

Alex aan de telefoon, of ik er al ben?

Mijn hoofd wordt warm, ik ben er allang, de beurs is vanaf acht uur open, dat weet hij toch? De stand valt trouwens tegen, een misser.

Hij komt eraan, zegt hij.

Ontevreden bezoekers. Waar is de garderobe, het toilet? Waarom weet ik dat niet, ik ben toch standhouder? En die stencils willen ze niet, geen interesse.

De volgende dag ontdekt Alex dat ik bij de verkeerde stand heb gestaan, dat hij iets beters had gereserveerd. Hoe is dat mogelijk?

Een fout van de Jaarbeurs meen ik, we moeten ons geld terugeisen.

Alex ziet het anders: het is mijn fout, ik had alles van tevoren moeten checken; voor zo'n evenement ga je altijd eerst kijken op locatie.

De wereld op zijn kop en ik ook. Heeft hij niet zelf gezegd…

Maakt niet uit wie wat heeft gezegd, ik had alles tot in de puntjes moeten voorbereiden, dan was het niet gebeurd. En natuurlijk moeten we ons geld terugeisen, daar gaat het niet om. Deze kans om ons te presenteren krijgen we nooit meer terug, dat is veel erger.

Hoe is dit mogelijk? Die woorden laten me niet los. Uitzoeken zal ik het, tot op de bodem, alle ordners nog eens naspitten. Waar ging het fout en aan wie heeft het gelegen?

Mijn hele dag gaat eraan op en mijn avond ook, want de laptop gaat mee naar huis, inclusief de ordners. Echtgenoot, zoon, dochter, het zijn schimmen voor me, ik kan me niet concentreren op de gesprekken aan tafel, alles gaat aan mij voorbij, totdat…

Mama luister je wel? Dochter schopt onder tafel tegen mijn voet.

Hoezo? Ik trek mijn benen terug en kijk naar haar, naar haar vingers met nagels die zijn afgebeten. Ook de nagelriemen zijn bewerkt, opgezwollen, ontstoken. Waarom toch dat gebijt? Het is begonnen in de brugklas, onzekerheid natuurlijk, begrijpelijk. Maar het gaat door, tweede klas, derde en zelfs nu in de vierde bijt ze nog steeds en het lijkt zelfs erger te worden.

Hij vertelt net dat hij een vriendinnetje heeft en jij reageert helemaal niet.

Elsje fiederelsje… zingt de echtgenoot met een knipoog naar zijn zoon, die is gehuld in een rode gloed of hij in brand staat.

Even wil ik liegen, net doen of ik alles wel heb gevolgd maar als ik de argusogen van mijn dochter op mij gericht zie, bedenk ik me. Niet luisteren is al een minpunt. Als ik ook nog lieg, ga ik zeker helemaal af.

Sorry, ik was even bezig met andere dingen, maar vertel… Een vriendin… Wie, en hoe heet ze?

Elsje, klinkt het nors.

Aha, vandaar dat Elsje fiederelsje, wat zijn vaders toch ongevoelig. Een eerste vriendinnetje. Wees blij dat hij het aan ons vertelt en zet hem niet voor gek. Zoals hij daar zit, mijn echtgenoot, met die plagerige blik in zijn ogen, kan ik hem wel slaan. Je speelt niet met de verliefdheden van je kinderen. Zit ze bij je in de klas?

Zoon schudt zijn hoofd. Kunnen we alsjeblieft ergens anders over praten? vraagt hij en schept nog eens op. Voor de tweede keer laadt hij zijn bord vol met spaghetti, een smak saus eroverheen. Waar laat hij het? Deze jongen eet de hele dag door, hij zit nooit vol, ongelooflijk, alsof hij een lintworm heeft.

Geen woord meer over Elsje, nergens over, de maaltijd is ten einde. Mijn gedachten keren terug naar Alex, de stand, en ik ben blij voor de afleiding die Elsje mij even heeft gebracht.

Eindelijk. Wat ik al vermoedde is gebeurd, maar anders dan ik had gedacht. Inderdaad ging het fout in de overdracht van collega Teun – Teun Van De Ordners zoals ik hem in gedachten ben gaan noemen – naar mij. Maar… Teun heeft zaken voor mij achtergehouden. Expres. In boeken of films kom je zulke praktijken tegen, doelbewust tegenwerken, de ander onderuithalen. Niet in het echt, tenminste, tot nu toe niet.

Ik ontdek zijn gesjoemel doordat ik weet hoe je oude computerfiles terug kunt halen. Een vrij ingewikkeld proces. Als ik hem er de volgende dag mee confronteer, ontkent hij. Of ik niet goed bij mijn hoofd ben, zoiets zou hij nooit doen. Trouwens, waar ben ik die files tegengekomen? Hij kijkt verbaasd, had zeker niet gedacht dat ik zoiets in mijn mars had: vijftig, en toch zo bedreven op de computer?

Alex laat me niet eens uitpraten als ik hem bel om uit te leggen wat er is gebeurd, en vooral om te vertellen dat het niet aan mij heeft gelegen.

De beurs?

Of het al jaren geleden is en niet een paar dagen.

Is het geld al overgemaakt? vraagt hij.

Nee, dat niet maar, de stand, het zit zo...

De stand, de stand, dat is voorbij. Zorg nou maar dat je het geld terugkrijgt.

Het eerste loonstrookje. Is het al het eind van de maand? Het is snel gegaan, al die indrukken, nieuwe mensen, namen die ik elke avond oefen voor het naar bed gaan omdat ik ze anders vergeet.

Ik maak het open, langzaam, want ik wil deze mijlpaal bewust beleven.

Een fout. Ander adres. Dit strookje moet van iemand anders zijn.

En inderdaad, onderaan staat niet mijn naam maar die van Teun. Ik kijk verder, onwillekeurig, en besef dan dat dit privé is, dat ik de enveloppe dicht moet doen en naar Personeelszaken lopen om dit strookje in te leveren.

Niet.

In plaats daarvan scheur ik de enveloppe open, verder en verder totdat ik aankom bij de plek waar het staat: het salaris van Teun. Ik sluit mijn ogen, reken het om en nog een keer, nu met pen en papier, want hoofdrekenen is niet een van mijn sterkste punten. Dan: een steek in mijn maag. Het scheelt veel, zeker vijfhonderd euro bruto per maand. Zoveel verdient hij meer dan ik. Terwijl we op hetzelfde niveau werken. Ik heb meer werkervaring en hij is zeker tien jaar jonger. Waarom dit verschil?

Als ik opkijk, staat hij in de deuropening. Teun. Hoelang staat hij daar al? Hij zwaait met iets, vast en zeker met mijn loonstrook.

Sorry, zeg ik, ik heb de jouwe opengemaakt. Zweet in mijn handen, mijn onderrug in brand. Een opvlieger en een fikse. Rustig blijven, prent ik mezelf in, let op je ademhaling, niet in paniek raken. Er is niets aan de hand, een menopauzedingetje, negeren…

Hij komt mijn kamer in en blijft voor het bureau staan. Geeft niets, zegt hij. We steken gelijk over.

Trix zegt dat het vaak zo gaat, zeker in het bedrijfsleven. Dat mannen meer betaald krijgen dan vrouwen voor hetzelfde werk. En dat heeft niets te maken met discriminatie. Nee. Mannen onderhandelen gewoon beter. Vrouwen zijn te bescheiden als het op geld aankomt. Ze trekt een vies gezicht of ze op iets bitters kauwt en zet haar wijnglas neer.

Als Trix zoiets verkondigt, is het zo. Trix is een vrouw van de wereld. Zij weet en kan alles, althans in mijn ogen, en volgens de echtgenoot kijk ik te veel tegen haar op en is dat ongezond.

Het zij zo.

Ze speelden samen, onze dochters, haar Hyun geadopteerd uit Korea en de mijne… gewoon de mijne. Tot een jaar of tien, toen was het plotseling uit met hun vriendschap, en voor altijd.

Wij, de moeders, lieten niet los. Vanuit onze ramen volgden we elkaars levens, uit tegenoverliggende huizen: Amsterdam-Zuid. In de zomer met een wijntje de straat op. Zij een paar maanden jonger dan ik, beiden getrouwd, zij later gescheiden. Voor mij is zij hét voorbeeld van wat een vrouw allemaal kan bereiken, ook al staat ze er alleen voor. Carrière: begonnen als lerares en doorgestoomd tot directeur van een hbo-school, met een netwerk om jaloers op te zijn.

Trix schenkt bij. Haar krullen, lichtblond, veren op bij elke beweging. Witte wijn, een Spaanse uit Andalusië. Hoe ik onderhandeld heb, vraagt ze en passant. Of ze informeert naar wat ik ga eten vanavond.

Daardoor, door die lichte toon, denk ik niet na en vertel dat er van salarisonderhandelingen geen sprake was. Heb direct ingestemd met het bedrag. Bijt op mijn tong.

Beet. Er is gehapt in haar aas. Zie je wel... Trix glorieert in haar gelijk, stralend als een kind op een verjaardagspartijtje. Beetje arrogant is ze wel, maar goed, dat vergeef ik haar, tenslotte is niemand perfect. Niet erbij laten zitten, sommeert ze, ga die strijd aan, eis gelijke beloning, je hebt er recht op.

Strijd aangaan, recht hebben... Ben nog maar zo kort in dienst. Bovendien is er zoveel anders te doen, bijvoorbeeld de website vernieuwen. Iets wat ik nog nooit heb gedaan. Het werd me zomaar opgedragen. Geen uitleg. Het hoofd van Antoin om de deur, hij kwam niet eens binnen. De website is verouderd, er moet een restyle komen.

Of ik daar zo snel mogelijk mee wilde beginnen.

Als ik dit aan Trix vertel, legt ze een hand op mijn schouder, geen probleem, zij kent een uitstekend bedrijf dat je al
het werk uit handen neemt. Binnen een maand, anderhalve
maand misschien, heb jij een site om trots op te zijn. Laat je
toch niet zo intimideren door die kerels. Kom op, meid, je
bent toch een vrouw met ballen...

Ja, ja, lach ik en denk: misschien ooit, maar nu, op dit moment, voel ik me als vroeger op school tijdens gymlessen,
het propje dat nergens overheen kwam en als laatste eindigde
in de touwen. Alleen al de geur in de kleedkamer, die mengeling van tenenkaas en transpiratie, bezorgde me steken in
mijn maag.

Ze stoot me aan: heeft er weer eentje gekregen.

Even begrijp ik niet waarop ze doelt, maar snel herinner
ik het me. De Sarah-aanbiedingen, die ze bijna doorlopend
ontvangt omdat ze vijftig wordt over een paar maanden. Ik
weet er alles van. Of er een geheim teken is gegeven, raakt je
brievenbus plotseling volgestouwd met folders over Tena Lady's, elektrische fietsen, stoelen waaruit je makkelijk opstaat
en ga maar door. Ook vaginaal glijmiddel wordt bij je thuis-
bezorgd, als proefmonster vastgeplakt aan een brief met daarop de afbeelding van een stralende vrouw die de pluisjes van
een paardenbloem wegblaast. Wie bedenkt dit, vraag je jezelf
af, in godsnaam, wie?

Het is net als bij zwangerschap, de Blijde Doos, alleen is
er nu van blijdschap geen sprake. Eerder van verbijstering,
vooral ook omdat mijn echtgenoot, al langer Abraham, dit
fenomeen niet heeft meegemaakt. Zijn er voor mannen geen
Abraham-artikelen? Waarom krijgen zij geen proefmonsters

Viagra toegestuurd of een crème tegen schimmelnagels?

Bij Trix leidt deze ongevraagde toestroom van aanbiedingen en producten tot razernij. Gooit een ander die dingen weg, Trix stuurt ze terug met begeleidende brief, dat ze nooit, nooit meer zo'n aanbieding wenst te ontvangen.

Wat is het dit keer? Ze heeft zo onderhand alles wel gehad, het glijmiddel zelfs twee keer, foutje, wat de fabrikant niet alleen nóg een brief met duidelijk taalgebruik opleverde maar ook een telefoontje van Trix in niet mis te verstane bewoordingen.

Vandaag heeft ze een tijdschrift ontvangen, dik en log, het verstopte haar hele brievenbus. De aanbiedingsbrief erbij deed haar kokhalzen. Nu ze bijna Sarah zag – ook al zo'n wonderlijke uitdrukking: hoezo zien, wat zien – was hier hét tijdschrift, helemaal afgestemd op de behoeftes en wensen van deze nieuwe leeftijdsfase.

Meteen in de pen geklommen. Aan de redactie: dat hun doelgroepensegmentatie niet deugde, achterhaald was, helemaal fout. Dat je mensen in deze tijd niet meer kon aanspreken op leeftijd en dat zij zich in elk geval niet liet indelen bij welke leeftijdscategorie dan ook, is getekend: een foute Sarah.

Geweldig, alleen al het feit dat je die moeite neemt, dat je ervoor gaat zitten om terug te schrijven. En dan die typering: foute Sarah. Een geuzennaam, zo zal ik me voortaan ook noemen. Weet je wat… Nu stoot ik Trix aan, te hard, ze morst wijn. Laten we alle aanbiedingen die je ontvangt in brand steken, ritueel verbranden. En dan gaan wij eromheen zitten, in een kring. De kring van de foute Sarahs.

Ik voeg de daad bij het woord en gooi servetsnippers in het kaarsje op tafel, wat een steekvlam oplevert. De overgang hè, dan gaan vrouwen gekke dingen doen…

− 3 −

Maandagochtend in de pantry. Ze staan te praten. Teun en anderen, mokken met koffie in hun hand. Teun heeft een eigen mok, groen met daarop zijn naam in rode letters. Een typisch vaderdagcadeau. Wie anders dan je eigen gezin bedenkt zoiets? Ik zie het voor me: mevrouw Teun en kindjes Teun.

Wat zullen we dit jaar kopen voor papa? Het is bijna vaderdag.

Stilte. De kinderen: een verveelde blik in hun ogen. Alweer Vaderdag en het is net Moederdag geweest.

Ja, maar dit is anders, dit is voor papa. Kom op, bedenk eens wat…

Als de kinderen jong zijn, in de onderbouw van de basisschool, is het makkelijk. Dan kwijt school zich van de taak om dit soort dagen een feestelijk tintje te geven. De juffrouwen en meesters zorgen voor tekeningen en andere werkjes waarop in elk geval ergens kenbaar wordt gemaakt dat het kind van je houdt, ook al is het maar met een hartje verborgen in een hoek. Maar dan, daarna − en dat begint al in de middenbouw – heeft school er geen tijd meer voor en moet je zelf de boer op. In mijn geval twee keer, zowel voor Moeder- als voor Vaderdag. Want het kopen van een cadeau voor Moederdag kan ik niet aan mijn echtgenoot overlaten. Met mijn verjaardag gaat het net goed, tenminste, als ik hem voldoende instrueer, maar bij Moederdagen loopt het mis.

Een keer kreeg ik een vouwfiets van bijna zevenhonderd euro. Ja, ik wilde een fiets en ja, ik wilde hem meenemen in de trein, opvouwen dus, maar niet eentje van zevenhonderd euro. Ben je gek geworden, dat kunnen we helemaal niet betalen, dit is veel te duur. Het jaar daarop ontving ik twee kussens. Zo weggerukt uit het winkelcentrum om de hoek. Toen ik ze uitpakte, zaten de Blokker-tasjes er nog omheen. Niet om aan te zien en ze stonken. Met moeite kreeg ik de dankwoorden uit mijn keel, en alleen omdat ik de kinderen niet wilde teleurstellen. Die ogen vol verwachting: Ben je er blij mee, mama?

Teun lijkt mij daarentegen echt het type dat hecht aan Vaderdagen. Staat dan vast vroeg op, wil genieten van zijn dag. Wat krijgt papa dit jaar? Een mok, kijk eens aan… En mijn naam staat erop, mooi zeg. Ik neem hem mee naar kantoor en elke keer als ik een slok koffie neem, zal ik aan jullie denken – en aan mama, natuurlijk.

Hij drinkt zowel koffie als thee uit zijn mok, wat mij onsmakelijk lijkt, maar hem kennelijk niet.

Er zijn meer collega's met eigen drinkgerei. Aan het eind van de dag bergen ze het op in hun bureaula. Op slot. Want stel je voor dat iemand anders met zijn of haar lippen…

Op het moment dat ik mijn kamer uit stap, neemt Teun

net een slok uit zijn groene mok. Hij verslikt zich als hij mij in het oog krijgt. Hij wenkt mij dichterbij te komen. Overbodig. Ik was toch al van plan koffie te halen, waarom zou ik anders hiernaartoe komen? In elk geval niet voor deze ochtendpraatjes, die meestal draaien om voetbal. Geen verstand van, geen belangstelling ook. Ik behoor tot die groep vrouwen die nog steeds niet weet wat buitenspel precies is, maar je hoeft het niet uit te leggen. Bespaar je de moeite, het zal me worst wezen.

Zoals gewoonlijk heeft Teun het hoogste woord. Hij is een man van feitjes, weetjes. Zo'n Triviant-fanaticus. Iemand die kan vertellen hoeveel vogelsoorten er leven in Bulgarije, en niet omdat hij een vogelspotter is, maar gewoon omdat dit een van zijn weetjes is.

Er wordt gelachen bij de pantry, dassen bewegen op het ritme van de trillende adamsappels. Eindelijk gezelligheid, denk ik, terwijl ik me met geveinsde onverschilligheid door die mannenlijven naar de koffieautomaat dring. Niemand doet een stap opzij om mij erdoor te laten, maar dat geeft niet. Sterker nog, dat is een teken dat ik op de goede weg ben. Niet langer een vreemde vrouw die je met egards moet behandelen, maar *one of the guys*.

Dan doet Teun iets ongebruikelijks. Hij schenkt koffie voor mij in. Wat galant, merken omstanders op. Ja, zeg ik en denk: Verdomme, nu kan ik niet direct rechtsomkeert maken, wegglippen, dat staat onaardig. Even meepraten dan maar, het zijn tenslotte mijn collega's.

Alsof hij op dit moment heeft gewacht, het speciaal zo heeft uitgekiend, begint Teun een grap te vertellen, iets over

43

een vrouw. Typisch mannencultuur, denk ik, maar wat maakt het uit? Vrouwen hebben ook zo hun eigenaardigheden, met eigen humor; de mannen die in zo'n vrouwencultuur werken, moeten zich op hun beurt daaraan aanpassen, hier is het mijn probleem.

De grap neemt al gauw een gevoelige wending. De vrouw is ongesteld, heeft seks met een man en die moet dat bekopen met een bloedneus – of iets dergelijks; de precieze toedracht is mij ontgaan, de woorden dringen niet goed tot me door.

Plotseling ben ik weer dat kind van vijf op weg van kleuterschool naar huis. Het is koud, herfst, ik loop daar in een herfststorm en moet plassen. Ik moet nodig, hoognodig, waarom ben ik op school niet gegaan? De regen maakt het er niet beter op, de nood wordt hoger en hoger. Op de brug hou ik het niet meer. Ik plas in mijn broek, recht mijn kaplaarzen in. Daarna, kleddernat, durf ik niet naar huis. Een lange tijd zwerf ik rond in de hoop dat alles vanzelf zal opdrogen, maar dat gebeurt natuurlijk niet. Om mij heen lopen mensen, kinderen, en ik weet zeker dat ze niet alleen zien dat ik in mijn broek heb geplast, maar ook dat ze het horen, dat soppende geluid dat klinkt bij elke stap die ik zet.

Teun is uitgegrapt. Even lacht hij, maar als niemand meedoet, houdt hij op. Vanaf de plek waar ik sta, zie ik zijn oogleden trillen. Ingehouden lachen, schaamte of gewoon een tochtvlaag? Stilte. Het enige geluid is van de kraan die druppelt, hij lekt al een tijdje. Het lijkt of iedereen wacht met reageren tot ik toestemming geef. Ze kijken naar mij, als kleuters die bedelen om een ijsje.

Dus dit houdt het in, concludeer ik, dit is werken in een mannencultuur. Zonder een woord te zeggen giet ik de koffie weg, spoel mijn mok om, zet hem in het droogrek en loop naar mijn kamer. De deur doe ik achter mij dicht.

Bestaan die nog tegenwoordig? vraagt Trix diezelfde avond in de kroeg. Ongelooflijk, mannen met dit soort humor...

Ja, bevestig ik.

Trix trekt een gezicht waarvan zoveel walging afspat dat ik haar maar niet vertel dat ze het ook hebben over: 'erop mogen', zo van 'die is chagrijnig, die mocht er zeker niet op vannacht'.

Daar moet je wat van zeggen, echt, dit kun je niet zomaar laten gebeuren.

Maar dat doe ik ook niet. Ik heb mijn koffie demonstratief weggegooid.

Ach, dat is niets. Dat snapt zo'n man toch niet. Je moet die eikel rechtstreeks benaderen, hem aanspreken op zijn smerige grappen, en dan nog het liefst in het bijzijn van al die meelopertjes.

Ja hoor, daar gaan we weer. Het orakel spreekt – of beter gezegd: oreert. Moet, moet, moet. Het is in haar ogen zelden goed wat ik doe. Haar lange, lenige vingers draaien een bierviltje om en nog eens voordat ze verdergaat. Stap naar de directeur, die Antoin, en zeg hem dat je geïntimideerd wordt. Seksuele intimidatie is strafbaar, dat weet je toch wel?

Ik knik vermoeid. Waarom ben ik hierover begonnen, waarom met haar? Ik had toch kunnen weten dat Trix zich hierin zou vastbijten. Miss Emancipatie *herself*. Altijd alles goed geregeld, niemand die over haar heen loopt, vrouw of man, stel je voor, het idee alleen al…

Je bent terechtgekomen in een vrouwvijandig bedrijf. Je moet een klacht indienen. Officieel. Die Teun moet gewipt worden, zo gauw mogelijk. Als het mij was overkomen, dan wist ik het wel, dan vloog hij er nog dezelfde dag uit. Haar hand gaat door haar haren, krullen die altijd lijken te dansen. Of ze het leven vieren, dag en nacht.

Hoe is het nou met de aanbiedingen? vraag ik en dwing mijn lippen te glimlachen. Nog Tena Lady's ontvangen de laatste tijd?

– 4 –

Aan het einde van de tweede maand voel ik dat ik begin te wennen aan mijn nieuwe leven. Ik heb het jargon onder de knie en ken de omgangsvormen; van vrouwonvriendelijke humor is geen sprake meer. Tenminste, niet waar ik bij ben. Die geest heb ik toch maar mooi terug in de fles gestopt. Indirect misschien, maar wel met resultaat.

Bovendien is wonder boven wonder de zakenvrouw in mij ontwaakt. Heb nooit geweten dat ik dit in mij had. Ben altijd iemand geweest die niets gaf om status, uiterlijk vertoon, nu ga ik door het leven als carrièredier pur sang. Leaseauto, laptop, mobiel stand-by. Flesje water. Vol op het gas. Ik rij hard, te hard. Na jarenlang als bijrijdster naast de echtgenoot te hebben gezeten, met als enige taak de kinderen op de achterbank stil te houden met krentenbollen, snoepgoed en wat me verder ter hand kwam, ontpop ik mij plotseling als een snelwegduivel. Ik geniet van de vaart, het accelereren. Honderddertig, -veertig. Bekeuringen komen binnen. Geflitst. De bedragen liegen er niet om.

Geen alledaagse kleding aan als ik naar kantoor ga, maar mijn speciale zakelijke outfit. Mantelpak. Daaronder: pumps, donker en van leer. Meestal ben ik als eerste ter plekke en ik ga als laatste weg. Wanneer ik het gebouw verlaat is het zo stil dat je mijn hakken hoort tikken op het linoleum.

Zelfs in mijn dromen ben ik bezig met het werk. Ongezond, maar dat kan me niets schelen. De website in wording staat dag en nacht op mijn netvlies gebrand. Hij vordert goed dankzij het bedrijf dat Trix aanraadde, maar ook door mij, mijn briefing, mijn begeleiding, ondersteuning. Over twee weken is hij klaar, misschien iets eerder. Ze vroegen er elke dag naar, Antoin en Alex. Hoe het met de website stond, of hij nu eindelijk, eindelijk online was. Laat je niet opjagen zei de webbouwer, ze hebben er geen verstand van, anders zouden ze wel weten dat zoiets niet zomaar eventjes is gepiept. Precies zo heb ik dat tegen hen gezegd en het kwam over. Geen vragen meer. En nu is het grote moment dus daar. Bijna dan, altijd een slag om de arm houden, niets is zeker in websiteland. Maar toch...

Doe me dat maar na, wil ik roepen tegen alle mensen die twijfelden of ik het wel aankon, of ik niet te oud, te langzaam was om aan iets nieuws te beginnen. Waar blijf je nu met je kritiek, broertje?

Het is stil aan de overkant, zing ik in mijn leasebak wanneer ik de zoveelste auto inhaal die te langzaam rijdt.

Het gaat allemaal te goed natuurlijk. Tegenslag kan niet uitblijven. Zo zit de wereld nu eenmaal in elkaar. Een telefoontje van de webbouwer verstoort mijn euforie. Het gaat langer duren voordat de site klaar is. Een of ander technisch mankement, niet dramatisch, maar het kost wel enige tijd om het te herstellen.

Vroeg in de ochtend. Heb net mijn jas aan de kapstok gehangen wanneer Antoin binnenloopt. Of alles goed gaat, vraagt hij en gaat op mijn bureau zitten. Quasinonchalant. Ingestudeerd. Een glimlachje om zijn mond. Hij heeft een opvallend onregelmatig gebit, de voortanden scheef in een veel te kleine kaak. Ze steken uit. Verkleurd zijn ze ook, beige bijna.

Zijn vingers trommelen op het bureaublad. Het is duidelijk dat hij iets wil zeggen. Maar wat? Vooruit, denk ik, waarover wil je het hebben, je zit hier echt niet zomaar, meneer de directeur.

Of ik koffie wil?

Nee, schud ik, dat komt later wel. Eerst maar eens horen wat jij te vertellen hebt, als je tenminste eindelijk…

Dan komt het.

Hij heeft net Alex aan de telefoon gehad en Alex is niet tevreden. Vindt dat hij te weinig zicht heeft op mijn werk en dat gedoe met de website, dat het langer duurt, daar is hij niet blij mee. Hij vindt ook dat hij mij te weinig ziet, wil mij beter leren kennen.

Tja, denk ik, dan moet hij vaker naar Hilversum komen. Net als ik een voorstel wil doen, opperen dat we in plaats van om de drie om de twee weken kunnen overleggen, zegt Antoin dat hij met Alex heeft afgesproken dat ik een dag in de week in Apeldoorn ga werken.

Afgesproken, hoezo afgesproken?

Heb ik daarin ook nog iets te zeggen, vraag ik met een stem die hoger klinkt dan normaal.

Natuurlijk, natuurlijk, sust Antoin. Als ik er bezwaar tegen heb, gaat het niet door, dat spreekt vanzelf.

Iets rustiger vraag ik of er al aan een bepaalde dag is gedacht en ga razendsnel mijn agenda langs. Op welke dag zou ik later thuis kunnen komen zonder dat dit problemen geeft? Apeldoorn ligt niet naast de deur, dat wordt zeker een uur vroeger opstaan en een uur later thuis.

Antoin schudt van nee, dat mag ik zelf kiezen, daarin laten ze me vrij. Volkomen vrij, voegt hij toe alsof hij me een gunst verleent waarvoor ik dankbaar moet zijn.

Of het een idee is dat Alex een extra dag naar Hilversum komt, vraag ik, hoewel ik het antwoord al kan raden. Dat hij daar geen tijd voor heeft, mompelt Antoin terwijl hij wegloopt en met de deurknop in zijn hand vraagt hem zo snel mogelijk door te geven welke dag ik uitkies zodat Alex daar rekening mee kan houden, die dag zoveel mogelijk vrij kan houden in zijn agenda.

Het wordt een dinsdag, de dag die ik voortaan zal werken in Apeldoorn, mail ik naar Antoin en Alex.

Het pand van Alex in Apeldoorn ligt naast een postkantoor. De eerste keer dat ik naar binnen stap, aarzel ik, ben ik hier goed? Het lijkt een uitdragerij, een zaak waar tweedehands spullen worden verkocht. Op de vloer: computeronderdelen, fietstassen, gloeilampen. Allemaal spullen die hij in- en verkoopt. Aan wie? Voor wie? Geen idee. Het is een hobby, vertelt hij, iets wat hij erbij doet. Niet te geloven. Hij zou geknipt zijn om als marktkramer door het leven te gaan, zo'n scharrelaar.

Is alles in Hilversum netjes en overzichtelijk, in Apeldoorn heerst de chaos. Maar hoe dan ook, rijk is Alex er wel van geworden. De foto's van het huis dat hij laat bouwen, even buiten de stad, hangen door het hele pand heen, een villa met zwembad, sauna, jacuzzi.

Bij Alex werken drie mensen. Allemaal familieleden in wisselende graad van verwantschap. De secretaresse: schoonzus; de automatiseerder: achterneef; en de accountmanager: oom. Algauw valt mij op dat Alex over het personeel heerst als een landheer over zijn horigen. Hoe houden ze het uit? Vooral de secretaresse/schoonzus, met haar kapsel stijf van de waterstofperoxide, krijgt het te verduren. Snauw op snauw. Terwijl zij blijft glimlachen, onvoorstelbaar. Onnatuurlijk ook en het laat sporen na. Bleek is ze, met kringen onder haar ogen en haar handen trillen als ze mij een cappuccino aanreikt.

Het enige pluspunt in Apeldoorn: de cappuccino. Goed gezet, met een kraag van opgeslagen melk. Niet te vergelijken met het bocht dat in Hilversum uit de machine komt.

Pas tegen tienen betreedt Alex zijn koninkrijk. Vroeger kan niet. Nooit. Hij moet zijn kinderen naar school brengen, en naar de crèche. Drie kinderen, de jongste is twee.

We starten onze gezamenlijke werkdag in zijn kamer op de eerste en tevens bovenste verdieping. Zijn bureau staat vol met kiekjes. Naast de foto's van zijn huis in aanbouw twee jongetjes met flaporen en een meisje dat bedeesd de wereld in kijkt, een haarband om.

Leuke kinderen, merk ik op om iets te zeggen, contact te maken, te laten merken dat ik er ben, dat ik besta. Want hij lijkt mijn aanwezigheid vergeten, totaal, is alleen bezig met zijn mobiel, sms'en, berichten lezen, wissen.

Zou dat zijn vrouw zijn? Met een punaise vastgeprikt aan de wand, de afbeelding van een vrouw wandelend in de bergen, kuiten die op knappen staan onder een bermuda die is verkleurd door de zon of te veel wasbeurten. Een aardig gezicht, breed met donkere ogen.

Ergens slaat een torenklok. Kijkend naar de richting van het geluid, zie ik tot mijn verbazing een groot houten kruis boven het raam. Is hij... zou hij...? Past zo helemaal niet bij hem, christendom, naastenliefde...

Halfelf, gaan we nog iets doen vandaag?

Alsof hij mijn gedachten heeft gelezen, legt hij zijn mobiel neer en kijkt mij aan, peilend, aftastend. Klaar voor de start ben ik, wil met hem sparren over de website, uitleggen hoe het ervoor staat. Als ik mijn mond opendoe, gebaart hij mij te zwijgen en van de weeromstuit sluit ik hem weer. Waarom? Ik had makkelijk zijn gebaar kunnen negeren, toch het woord kunnen nemen, maar ik deed het niet. Kennelijk zit er iets in hem wat gezag afdwingt, tot gehoorzamen aanzet.

Terwijl hij speelt met de punt van zijn das, gaat hij achterover leunen. De stoel geeft piepend mee met zijn bewegingen. Na een paar keer diep ademhalen, schuift hij zijn mouwen omhoog en begint te praten, te doceren alsof hij voor de klas staat met mij als leerling. Dat hij meer bedrijven heeft, de zakelijke markt, in Duitsland en in Luxemburg. Dwars door zijn brillenglazen heen zie ik zijn ogen oplichten en ontdek dat ze niet grijs zijn, zoals ik eerder dacht, maar groen, donkergroen, tegen het bruine aan.

Op het moment dat hij even stil is, grijp ik mijn kans, onderbreek zijn monoloog. Of ik hem zal inlichten over de website, hoe die vordert? Eerlijk gezegd had ik verwacht dat hij bij het woord website direct zou toehappen, vragen stellen, maar hij toont geen enkele belangstelling, vraagt meer in het algemeen hoe het me bevalt in Hilversum. Saaie boel, hè? voegt hij toe op een samenzweerderige toon en buigt zich voorover, dichterbij, ik kan zijn adem ruiken. Ongemakkelijk zoals we daar zitten, bijna op elkaars schoot. Ik trek me terug, armen over elkaar. Weg, weg van hem en van die lucht, muf als slecht gedroogd wasgoed.

Saai, hoezo? Ik schud van nee, alles is prima, behalve…

Zijn ogen houden mij vast, als een roofdier zijn prooi, krampachtig. Behalve? dringt hij aan, behalve wat?

Spijt heb ik van mijn losse flodder, niet over nagedacht, waarom niet mijn mond gehouden? De gretigheid waarmee hij mij aanstaart, de woorden uit me wil trekken, maakt dat ik het warm krijg, een blos voel op mijn wangen.

De koffie is hier beter. Ik spreek zacht en doe mijn best om zo terloops mogelijk over te komen. Wil geen speelbal worden in een concurrentiestrijd tussen de broers ook al gaat het alleen om zoiets onbenulligs als de koffie.

Alex laat een zucht ontsnappen, er speelt een lach om zijn lippen, iets van triomf. Ongelooflijk. Is alles voor hem een wedstrijd, een race, goed, beter, best?

Volgende cappuccino? Hij belt naar beneden. Een paar woorden, kort, toonloos. Geen dankjewel of wil je… Al snel komt de secretaresse binnen met in haar handen een dienblad. Ze beweegt zich geruisloos. Er bekruipt mij het gevoel dat ik haar moet verdedigen, in bescherming nemen tegen deze man die zo bot en koud is. Ik knik haar toe, glimlach. Geen reactie, tenminste geen vriendelijke, eerder schrik in haar ogen, gebelgdheid ook, of ik iets heb gedaan wat ongepast is.

Als ze de kamer heeft verlaten, vertelt Alex dat zij uit Roemenië komt. Aha, denk ik, dus hij is getrouwd met een Roemeense. Opnieuw kijk ik naar de foto aan de wand. Roemeens, zou best kunnen. Bijna wil ik ernaar vragen, maar ik hou me in, instinctief besef ik dat Alex er de man niet naar is om uit te wijden over zijn familie, zijn vrouw, kinderen.

Wanneer hij een van de cappuccino's van het dienblad pakt en voor mij neerzet, legt hij even een hand op mijn schouder. Even maar toch lang, te lang. Onnodig ook. Ik doe of ik niets merk. Vijftig jaar, vijftig en ik zwijg als een kind, een kleuter die onterecht een standje krijgt en zich niet durft te verdedigen.

Of de website opschiet. Is het mankement verholpen?

Eindelijk, eindelijk. Vaste grond onder mijn voeten. Snel begin ik te vertellen, dat het een juweel wordt, niet zomaar een site, maar een digitaal kenniscentrum met nieuws en informatie om mensen naar de site toe te trekken, traffic te genereren zoals dat heet in vaktermen. Volkomen interactief natuurlijk, helemaal 2.0 maar dat spreekt vanzelf. Het is niet zo, echt niet, dat ik wacht op een compliment, een schouderklopje, maar iets van aanmoediging, goedkeuring, ja, daarop hoopte ik wel. Maar het komt niet. Het enige wat hij opmerkt is dat dit allemaal wel heel duur zal zijn. Heb ik een overzicht van de kosten? Een spreadsheetje?

Als het op geldzaken aankomt, ondergaat Alex een metamorfose. Ongekend wat er dan met hem gebeurt, hoe hij verandert. Eerst schiet zijn lichaam in een kramp, het balt zich samen of het een ander soortelijk gewicht krijgt. Daarna wordt zijn stem hoger, scherper, vrouwelijk bijna en de rossigheid in zijn gezicht, de couperose breidt zich uit tot aan de haarwortels.

Nog eens vraagt hij hoeveel het gaat kosten. Ik verzeker hem dat we binnen het budget blijven.

Fout.

Zijn ogen knijpen zich samen, waardoor het lijkt of hij zich klaarmaakt voor een aanval, letterlijk, als een tijger of een leeuw. In een reflex schuif ik op, verder weg, zo ver mogelijk. Dat was zijn vraag niet, zegt hij elk woord benadrukkend. Het budget is een zaak van andere orde, hij wil kosten zien, de brutokosten.

Nu meteen? vraag ik, want ben nog niet klaar met mijn verhaal, wil meer vertellen over de site, de technische kant, hosting, dat we daarover moeten nadenken…

Ja, meteen.

De eerste gedachte die opkomt is: weggaan. De deur uit lopen. Of in elk geval weigeren om stante pede zijn bevel uit te voeren. Maar zijn blik hypnotiseert, dwingt. Met twee treden tegelijk snel ik naar beneden, rits mijn tas open, en na een aantal minuten wild graaien heb ik het kostenoverzicht beet. Ik ben een en al regressie, kind, kleuter, bang voor mama, papa, juffrouw, meester…

Met eenzelfde vaart terug naar boven.

Maar als ik hem het A4'tje in handen geef, reageert hij niet. Zonder er ook maar een blik op te werpen, legt hij het op een van de stapels op zijn bureau.

Vrijdagmiddag. Buiten is het grijs, een laaghangende bewolking. Geen zon, al dagen niet. Het is halfvijf. Er gaan al mensen naar huis. Een laatste kop koffie, thee. Prettig weekend, klinkt het. Niet voor mij. Nog niet. Ik ben bezig met het opzetten van een enquête; evaluatie van de beurs. Niet eerder heb ik dit gedaan. Zo gaat het in deze baan. Ik doe veel dingen voor het eerst. Een uitdaging, noemt men dat.

Begin deze week deelde Antoin mij mee dat er een enquête moet komen. Hij wil weten hoe de klanten ons waarderen, degenen die de stand bezochten. Wanneer Antoin iets opdraagt, gaat dat niet direct, recht door zee. Nee. Hij is een man van omwegen, zwemt als een haai om zijn maaltijd. Eerst in grote cirkels en daarna klein, kleiner, kleinst... totdat hij uiteindelijk toehapt.

Het gaat altijd op dezelfde manier. Hij komt mijn kamer binnen, achteloos, een beetje verlegen zelfs, alsof hij de jongste bediende is in plaats van de directeur. Na plaats te hebben genomen, begint hij te praten over van alles en nog wat. Hij praat, praat totdat ik vermoeid raak. Net op het moment dat ik me afvraag waarom hij niet weggaat, wat hij in godsnaam van mij wil, komt het, eindelijk, als een orgasme, de ultieme verlossing.

In dit geval: een enquête in elkaar zetten. Is dat bij mij in goede handen? vraagt hij, zijn wenkbrauwen optrekkend.

Geen enkel probleem, antwoord ik of ik mijn hele leven niets anders heb gedaan. Grote meid, spreek ik mijzelf in gedachten toe, dat kun je best, zo moeilijk zal dat niet zijn.

Na wat heen en weer surfen, heb ik alles gevonden wat nodig is om deze job te klaren. Maar er gaat iets mis. De fout zit hem niet in de enquête zelf, want die kan er best mee door, ziet er zelfs heel aardig uit met staafdiagrammetjes. Nee, het venijn zit hem in het versturen van het ding.

Teun is de eerste die het opmerkt. Terwijl hij mijn kamerdeur openrukt, blaft hij dat alle mailadressen van onze klanten op straat liggen. Tientallen. Een Walhalla voor de concurrent. Wat heb ik in godsnaam gedaan?

Gedaan, ik? Niets bijzonders. Zweet op mijn bovenlip. Binnen een seconde is er niets meer over van de vrijdagmiddagrust, is het gedaan met de luwte voor het weekend.

Mijn telefoon gaat en blijft gaan. Antoin, Alex. Weet ik niet dat…

Kijk, kijk, de vinger van Teun op mijn scherm, hij laat een streep na, vettig. Ik zie het, mailadressen, een eindeloze reeks. Je had het Bcc moeten versturen, sist hij, en natuurlijk niet Cc.

Tien minuten later mailt een concurrent via dezelfde adressenlijst dat zijn producten beter en goedkoper zijn dan de onze.

– 5 –

Eén november, de dag na mijn e-mailblunder, gaan Trix en ik een weekend weg. Of de voorzienigheid ermee heeft gespeeld. Want hoewel we dat natuurlijk niet wisten toen we de boeking maakten, is dit het perfecte weekend om eropuit te gaan. Voor mij althans. Kan het niet loslaten, ik droom over computers die op hol slaan, uit elkaar spatten of de lucht in vliegen.

De zaterdagse boodschappen en schoonmaak laat ik over aan mijn echtgenoot. Iets wat hij mij niet in dank afneemt. En nee, ik kan dit weekend geen Franse woordjes overhoren en ook niet samen kijken naar *America's Next Top Model*. Ja, ik voel me schuldig en ja, ja, ik ben al zo weinig thuis de laatste tijd.

Het gezin mort.

Het gezin lijdt.

Nu jij een nieuwe baan hebt, eten we elke avond uit de magnetron, aldus zoon, de neus opgetrokken. Sinds hij in de puberteit zit, is mijn zoon verliefd op eten. Midden in de nacht ruik je opgewarmde nasi, de ochtenden begint hij met hotdogs, ketchup en mayonaise.

Niet waar, werp ik tegen. Oké, oké, misschien werk ik wat vaker over, maar ik ben me nog aan het inwerken. Dus ja, iets meer magnetron dan vroeger, maar niet de hele tijd.

Dochter valt haar broer bij. Het eeuwige verbond: kinderen tegen mama. Je praat ook alleen over die baan, nergens anders meer over. Oersaai, altijd maar dat werk. Voegt daaraan toe: Mij niet gezien. Ik word later lekker huismoeder.

Of ik een stomp in mijn maag krijg. Is dit wat ik heb overgebracht op mijn kind? Daar gaat de feministische opvoeding.

We moeten praten.

Ik ga ervoor zitten. Dochter ook. We nemen plaats tegenover elkaar. Zij op de bank en ik op de poef. Zij met ogen die uitdagen, ik met ogen die moeilijk kunnen wennen aan haar blikken, de scherpte erin, minachting ook. Wanneer heeft dit dedain zich in haar genesteld, en belangrijker nog: gaat het over? Moet er niet aan denken dat het blijft, deze onderhuidse spanning die zich kan ontladen bij elk woord van mij, gebaar, de manier waarop ik mijn hoofd naar achteren breng als ik lach, het feit alleen al dat ik lach… Waar is dat meiske dat maar één ding wilde in haar leven: bij mama zijn? Altijd in mijn armen, dat koppie tegen mijn borst, mama's eigen kleine orang-oetang.

Loslaten die gedachten, ik verman mij. Het is de puberteit, ze kan er niets aan doen, ze moet zich onthechten, mij afstoten, een eigen identiteit ontwikkelen. Maar toch, zo af en toe, iets terug van de intimiteit van vroeger, ja dat zou fijn zijn.

Huismoeder worden, thuisblijven, dat is toch niets voor jou. Ik leg een hand op haar arm, maar zij trekt zich terug. Doorpraten, doorgaan… Het is echt niet zo dat elke baan zoveel van je eist. Alleen, mijn wisseling van baan, na zoveel jaren in een heel andere sector, is, ja, heftiger dan ik had ingeschat.

Zeker op jouw leeftijd.

Touché. De puberdochter valt aan. Meedogenloos. Nagels prikken in de palmen van mijn handen. Een gevoel van uitputting, afgemat zijn, maakt antwoorden onmogelijk. Wil zelfs mijn dochter mij opsluiten in het Sarah-hok? Ook gij, Brutus?

Sorry, zegt ze snel met een glimlach ter ontwapening. Maar ze meende het, dat zag ik in haar ogen die niet goed kunnen liegen, althans voorlopig niet.

Later, nadat haar woorden zijn verdampt, en ik rustiger kan nadenken over alle kritiek, besluit ik dat het anders moet. Tenslotte wil ik niet alleen leven voor mijn werk, nieuwe baan of niet. Daarom zal ik thuis niet meer over het werk praten. Tenminste niet waar de kinderen bij zijn. Ze hebben gelijk, ik heb het nergens anders over, heb ze te weinig aandacht gegeven. Overhoren? Nu even niet. Ik moet nog iets afmaken, doorlezen voor het werk, werk, werk…

En nu, dit weekend, naar een wellness-oord met Trix. Als het niet zolang van tevoren was gepland, had ik het afgezegd. Want in plaats van eindelijk weer eens tijd te maken voor mijn gezin, verkies ik het gezelschap van een vriendin. Schuldgevoel kruipt omhoog, nestelt zich in mijn lichaam, geest. Dat bekende gevoel, of er een rots op je schouders ligt, of je nergens van mag genieten zonder je kinderen, dat je uitsluitend blij mag zijn in hun gezelschap, als ook zij lachen, plezier hebben. Ik dacht daar immuun voor te zijn geworden, voor dat schuldgevoel. Ik dacht dat ik daar voorgoed van af was als moeder van pubers, van bijna volwassenen.

Niet dus.

Gefaald. Driedubbel gefaald. Tekortgeschoten als moeder, echtgenote (want mijn god, wanneer doen we het nog?) en als werknemer. Dat debacle met de enquête krijgt natuurlijk een staartje. Maandagochtend om negen uur word ik op kantoor verwacht voor een gesprek met mijn beide bazen.

Goede tip van Trix: sexy ondergoed dragen, dat geeft een gevoel van macht tijdens het gesprek; en doe een bril op, dan kom je serieuzer over – altijd een bril op bij dit soort gesprekken. Zij weet alles, Trix, zij is mijn baken, mijn levensgids.

Zondagavond laat haal ik het hele huis overhoop om te zoeken naar mijn oude bril, een gedateerd ding met rood montuur, zoals een aantal jaren terug mode was. In de rommelkast onder het monopolyspel vind ik hem. Wie heeft in godsnaam mijn bril daar…? Maakt niet uit. Ik zet hem op, zie alles wazig maar moet beamen: ik zie er professioneler uit. Nu dat sexy ondergoed nog.

Op mijn middelbare school gold het als de ergste straf: naar de rector toe. Mij is dat één keer overkomen, en ook nog eens onterecht want niet ik maar iemand anders schreeuwde een scheldwoord door de klas. Dat gevoel van toen bij de rector bevangt me ook nu tegenover A&A. De sfeer is drukkend als ik de kamer binnenstap. Als op een zomermiddag, een onweersbui in de lucht. Ik ben de laatste die arriveert en stipt op tijd, dus dat betekent dat zij er eerder waren, dat ze dit waarschijnlijk hebben voorbereid. De koffie staat klaar, zodat ik zelfs niet kan ontsnappen door nog even naar de pantry te lopen, adem te halen zonder de geur van A&A te hoeven opsnuiven.

In de stilte is het tikken van de klok het enige geluid. Het werkt me op mijn zenuwen en ik probeer er niet naar te luisteren, maar doe dat toch. Als ik verder de kamer in loop, komt Alex half overeind. Hij geeft een hand zonder mij aan te kijken. Antoin knikt me toe met die dromerige blik in zijn ogen. Het is een blik die ik lang hield voor vriendelijkheid maar waarvan ik inmiddels weet dat hij onverschilligheid weergeeft.

Wanneer ik ga zitten, schuurt het sexy ondergoed tegen mijn intieme zones. Te krap, het is van minstens tien jaar terug, toen ik nog dat soort ondergoed droeg, toen ik geen vijftig was.

Alex neemt het woord terwijl hij zijn armen over elkaar slaat. In mijn poging hem recht aan te kijken, zie ik alleen zijn contouren en ook die zijn vaag. Hij is niet meer dan een schim, een waas. Die verrekte bril, ik druk hem steviger tegen mijn neuswortel aan, maar scherper wordt mijn zicht niet. Zijn stem dreunt door de ruimte alsof er een leger voorbij marcheert. Een beschamende vertoning, noemt hij mijn fout met de mailadressen en herhaalt dat drie keer. Bij de derde keer wil ik uitroepen dat het nu wel genoeg is, dat het duidelijk is, meer dan duidelijk. Maar er komt geen woord over mijn lippen, ik heb moeite met ademhalen, of ik steeds dieper moet inademen om genoeg zuurstof naar binnen te krijgen.

Wat ik er zelf van vind? Het zijn de eerste woorden die Antoin uitspreekt. Hij legt zijn handen plat op tafel, de vingers gespreid.

Dat het een fout is, zeg ik, blij mijn stem te hebben teruggevonden. Jammer, maar het zal niet meer gebeuren. Ik voeg daaraan toe dat ik gewend ben aan secretariële ondersteuning bij dit soort klussen en dat ik in deze baan alles alleen moet doen, wat niet meevalt.

Maar ze mogen toch wel verwachten dat ik met een computer kan omgaan, wil Alex weten. De ironie in zijn stem ontgaat mij niet. Ik besluit het langs me heen te laten gaan, wil niet weer in de verdediging.

De vingers van Antoin trommelen op tafel, ze volgen het ritme van de klok. Niemand zegt iets. Er valt ook niets meer te zeggen. Fouten maken is menselijk. Wat voor zin heeft het om daarover eindeloos door te gaan? Het *mea culpa* is uitgesproken, het leven kan doorgaan.

Alex strijkt met een hand over zijn kin, de zijkant van zijn gezicht glimt of het is ingewreven met olie. Ik voel zweetdruppels. Ze glijden vanuit mijn okselholtes naar beneden. Het sexy ondergoed snijdt door mijn onderlichaam. Pijn. Dom, dom. Zelfverwijt. Waarom heb ik geluisterd naar Trix? Zie mij hier zitten: een clown met een nepbril op haar neus. En deze maskerade zou mijn zelfvertrouwen oppeppen? Mis. Ik voel me belachelijk. In godsnaam, in godsnaam, laat het nu over zijn. Ik ben bereid te erkennen dat het de stomste fout is die iemand kan maken en dat drie keer te herhalen — als ik hier maar weg kan, de wc in en die veel te kleine string van mijn lijf rukken.

De redding komt van Alex. Hij zegt dat hij een volgende afspraak heeft en weg moet. We verlaten de vergaderzaal, achter elkaar, Alex voorop.

Er wordt over mij gepraat. Over mijn fout, Bcc, Cc... Ik weet het zeker, ook al zegt mijn echtgenoot dat het inbeelding is. Dat is niet zo. Mensen fluisteren als ik langskom, blikken blijven langer op mij rusten. Discreet, dat wel, alles gaat hier discreet.

Naar Apeldoorn hoef ik niet meer te komen, het kost Alex te veel tijd.

Geeft niets, Hilversum is veel dichterbij.

– 6 –

Bijna kerst. Onze boom ligt al een week onuitgepakt in een doos in de woonkamer.

Wanneer gaan we hem neerzetten? vraagt zoon.

Ja, valt vriendin hem bij. Laten we de boom opzetten.

Sinds kort is zijn vriendinnetje bij ons kind aan huis. Ontroerend. De eerste geliefde van mijn zoon – de eerste die hij meeneemt naar zijn familie. Ze hebben elkaar leren kennen in Walibi, zaten samen in al die achtbanen en ontdekten dat ze niet ver van elkaar woonden. Een volgend uitstapje naar Walibi volgde en daar schijnt de liefde te zijn overgegaan in verkering, inclusief een ring, ter plekke gekocht door mijn zoon. Dat vind ik heel kordaat van hem. Hij is een zoon om trots op te zijn en daarmee is zijn lief het helemaal eens. Ze vindt hem geweldig, cool, vet. Dat alles zegt ze tussen twee kauwbewegingen door, want ze heeft altijd kauwgum in haar mond.

Of haar kaken niet pijn gaan doen van dat kauwen, vraag ik in een poging om leuk te doen.

De humor ontgaat haar, zoals vaker, en ze begint uitgebreid

te vertellen dat kauwgum goed is voor je tanden, vooral voor het glazuur. Of ik er misschien ook eentje wil? Een lief gebaar dat ik even liefjes afsla.

Vriendin vindt het gezellig bij ons. Bij haar thuis is het saai; ze verveelt zich daar vet erg. Kortom, we hebben er een derde kind bij. Zij is gestopt met school, tijdelijk, omdat het haar allemaal te veel werd, te druk en zo, stress. Na de zomervakantie gaat ze verder, iets met grafisch ontwerpen, en in de tussentijd werkt ze in een schoenenwinkel in Amsterdam-Zuid, waar ze korting krijgt van twintig procent op de hele collectie.

Of ze dat zelf niet kunnen, vraag ik, die kerstboom. Daar ben ik toch niet bij nodig?

Met mij erbij is het veel leuker, zegt zoon en hij kijkt mij aan met zijn meest verleidelijke blik. Vriendin knikt, haar paardenstaart danst op en neer en ze veegt met een hand langs haar neus die de lucht in wipt als de neus van Pippi Langkous. Als je goed naar haar kijkt, zie je dat ze meer gemeen heeft met Pippi: die blik en ook die sproeten overal op haar wangen.

Welke moeder kan de blikken weerstaan van haar zoon en zijn eerste vriendinnetje? Ik niet. Dus kom op. Binnen een uur staat de boom en hangt hij vol ballen, slingers en andere frutsels. Zoon en ik zeggen tegen elkaar dat we dit jaar een piek moeten kopen, want die hebben we niet. Vriendin knikt instemmend, biedt aan dat we de hare wel mogen lenen, bij haar thuis doen ze al jaren niet aan kerst. Na die woorden blaast ze een kauwgumbel die niet klapt, maar in elkaar schrompelt als een gebruikt condoom.

Aan goede voornemens doe ik niet. Net als mijn vader vind ik dat hypocriet. Waarom zou je ineens de aandrang voelen om je leven te beteren omdat het 1 januari is? Mijn vader was er de man niet naar om zich in te laten met losse flodders. Hij had een afkeer van alles wat rook naar onechtheid, gedraai of bedrog. Ontmaskering, daarvoor ging hij. Een politicus had hij niet kunnen worden, een bon vivant ook niet. Waarschijnlijk is hij precies op zijn pootjes terechtgekomen bij de belastingdienst. Gespeend van elke carrièrezucht heeft hij er tot zijn pensioen gewerkt, amper een dag ziek.

Als de klok op oudejaarsavond twaalf uur slaat, heb ik dus nooit voornemens. Trouwens, wat zou ik nodig moeten afzweren? Zoveel slechte dingen doe ik niet. Ben wat dat betreft een doorsnee persoon. Toegegeven, ik drink weleens een glas te veel, maar alleen op feestjes. Dronken word ik nooit. Ik haat dronkenschap, ik raak alleen een beetje aangeschoten en ga veel, hard en langdurig praten. In mijn eentje raak ik geen alcohol aan. Als je alleen gaat drinken, ben je pas echt een alcoholist. Ook een mening van mijn vader die ik onderschrijf. Mijn echtgenoot denkt daar anders over, maar een beetje huwelijk moet dat kunnen hebben, vind ik. Je hoeft het toch niet over alles eens te zijn.

Hij drinkt dus wél alleen en elke avond. Vindt het niet erg als de kinderen, onze kinderen, een glaasje meedrinken. Terwijl ik… Geen alcohol voor je achttiende, daarin geloof ik heilig, heb dat zelf ook nooit gedaan. Niemand in mijn klas trouwens, maar ja, ik kwam ook uit dat keurige Baarn. Allemaal hockeymeisjes en in die tijd betekende dat: geen seks en geen alcohol.

Behalve dat drinken, sporadisch en uitsluitend in gezelschap, leef ik gezond. Dat wil zeggen, ik rook niet, eet met mate en ik ga twee keer per week naar de sportschool, waar ik me anderhalf uur in het zweet werk tijdens zumbadanslessen, die zowel mijn geest als mijn bekken leniger moeten maken. Kortom, wat moet ik mij voornemen? Niets toch...

Maar dit jaar is het anders. Ik heb nu iets fundamenteels om voor te vechten. Iets, niet alleen voor mijzelf, maar voor alle vrouwen in de wereld. Een maatschappelijk thema, politiek ook, emancipatiebevorderend. Hoe langer ik erover nadenk, hoe meer ik besef dat ik een taak heb die ik móét uitvoeren. Niet langer mijn kop in de grond steken, me verschuilen achter te veel werk. Ophouden met dat uitstelgedrag. Morgen zal ik... volgende week... Hier is actie gewenst en wel zo snel mogelijk. Dit jaar zal ik ervoor zorgen dat ik evenveel krijg betaald als mijn mannelijke collega's. Zal het niet langer tolereren, die wig tussen mannen en vrouwen, die fundamentele ongelijkheid.

31 december.

Dit wordt een goed jaar, fluister ik de echtgenoot toe als we proosten om twaalf uur. We kussen. Het vuurwerk raast en tiert. Champagne en we zijn alleen. De kinderen zijn uitgezwermd naar feestjes, vrienden bivakkeren in huisjes ver weg en eigenlijk, eigenlijk is het best gezellig met z'n tweetjes. Geen uren in de keuken of je gapen inhouden tijdens gezelschapsspelletjes. Niets van dit alles. Met onze joggingbroeken aan liggen we op de bank. Twee paar voeten, bloot, de benen verstrengeld. Een volgende fles champagne knalt open. Ja, knik ik, als hij mij vragend aankijkt. Ja, ja, ja.

− 7 −

Bloemen van Alex, complimenten van Antoin. De website is klaar. Iets over de deadline, maar daar hebben we het niet meer over. Vandaag zal ik hem presenteren. We zitten in de vergaderzaal, de grote zaal dit keer. Op tafel: taart. Heb ik speciaal gekocht voor deze gelegenheid. Successen moet je vieren. Er zijn veel mensen aanwezig. De voltallige afdeling Marketing is present. Een hele eer. Marketeers zijn de sterren in deze organisatie. Je mag al blij zijn als ze je groeten, dus aanwezigheid op je feestje betekent dat je stijgende bent in de hiërarchie. En, eerlijk is eerlijk, daarvoor ben ik gevoelig. IJdelheid. Helaas, het is niet anders.

Licht uit, beamer aan: de website schittert.

Na mijn uitleg: veel lof. Over de vormgeving, *look and feel,* en vooral over de zoekfunctie. Je kunt *full text* zoeken. Typ een trefwoord in en je vindt alles wat daarmee te maken heeft.

Alex kan er niet genoeg van krijgen, of hij nog nooit een website heeft gezien. Hoef je echt alleen een woord in te typen en krijg je dan... Nog een woord en nog een. Wat een speelgoed, hij glundert, is niet weg te slaan bij de beamer.

Het is een gelukkige dag. De bloemen neem ik mee naar huis. Ik heb twee vazen nodig om ze in te zetten.

Is er een beter moment om mijn salaris te bespreken? Ik vind van niet. Ik heb een groot succes binnengehaald. De timing is perfect; en timing, daar gaat het allemaal om.

Tien over elf in de avond. Buiten sneeuwt het. Niet veel maar als het zo doorgaat, ligt er morgenochtend een flink pak.

De kinderen zijn uit. Wij zijn thuis en wakker. Dat is niet vaak het geval. Meestal slapen wij tegen de tijd dat zij uitgaan. Want ja, de volgende morgen moeten wij vroeg op en zij niet. Zo gaat dat met pubers. Middelbare school. Een eerste uur vrij, de hele ochtend geen les.

Een buitenkansje dus vanavond. Privacy. En zo'n moment moet je pakken. Hadden we vroeger tenminste in de avonden tijd voor elkaar, dat behoort tegenwoordig tot het verleden. De kinderen houden de woonkamer in bezit tot in de kleine uurtjes. Languit bezetten ze de bank: zoon en vriendinnetje. Knuffelend als marmotten, tot groot chagrijn van mijn dochter. Zij vindt het walgelijk dat die twee zitten te foezelen, zoals zij het noemt. Dus terwijl zoon en geliefde in elkaars hals hangen, humt dochter telkens als het haar te veel wordt. Een uiterst explosieve situatie omdat zoon dit niet pikt en de strijd met zijn zusje aangaat. Bekvechten tot het bot, en probeer dan maar eens je favoriete programma op televisie te volgen. Vriendinnetje deert het trouwens allemaal niet. Onaangedaan blaast zij haar kauwgumbellen en zegt om een uur of twaalf dat ze maar eens moet gaan omdat de schoenen ook morgen weer op haar wachten.

Maar vanavond is anders. Een verademing die stilte. Niemand die overal dwars doorheen praat, afwezig ook het gesmak en klappen van kauwgumbellen.

Fles wijn op tafel. Goede wijn, niet zo'n niemendalletje uit de supermarkt. Als we een haard hadden, zou die nu branden, volop, en wij ervoor op een kamelenharen mat. Zo'n avond is het. Geen haast. Langzaam opbouwen: licht uit, kaarsen aan. Samen de trap op naar de slaapkamer, hand in hand, niet stiekem op onze tenen maar hoorbaar en openlijk.

Nog geen minuut onder de lakens... Hoor jij ook iets?

Onze bewegingen verkrampen, we liggen roerloos te luisteren. Voetstappen, bij ons of bij de buren? Niets. Stilte. De wind misschien, of een kat.

De liefde vlamt weer op. Eén interruptie kunnen wij wel aan. O, ja laat dat maar aan ons over. Een en al passie. Maar dan... Nog een keer. Rechtop in bed. We horen iemand lopen, maar waar?

De echtgenoot staat op, kamerjas aan, kijken of er een kind is thuis gekomen. Weg magie. De geest is uit de fles. Angst om betrapt te worden.

De film viel tegen, dochter is eerder naar huis gekomen, deelt mijn echtgenoot mee op een toon of er iemand is overleden.

Slapen.

Is het echt zo erg, vraag ik me af, als je kinderen horen dat je aan seks doet? Grote kinderen, zoals die van ons? Durf het niet uit te proberen, maar de vraag blijft terugkomen.

De dag daarop mail ik mijn bazen. Of ze op korte termijn tijd hebben om met mij te spreken, het gaat over mijn salaris.

Natuurlijk, antwoordt Alex. En Antoin mailt terug dat dit geen enkel probleem is. Ze kunnen morgen al. Ongekend snel, dat had een waarschuwing moeten zijn.

Al vijf minuten het gesprek in bekruipt mij argwaan. Wat voor gesprek is dit, welke kant gaat het op? Alarmbellen rinkelen. Ik zie lust, wellust in de ogen van Alex. Zijn wangen gloeien, je ziet niet langer aders die zich vertakken in steeds fijnere lijntjes, maar een groot purper oppervlak. Alex ziet letterlijk purperpaars. Hoogte-, of beter gezegd: dieptepunt in dit plaatje vormen zijn lippen. Of er meer doorbloeding plaatsvindt. En misschien is dat ook zo, veranderen die in biefstuk: blubberig en rosbiefrood.

Zo zitten we tegenover elkaar: A&A aan de ene kant, ik aan de andere kant van de tafel, helemaal klaar om mijn strijd en die van alle onderbetaalde vrouwen in de wereld aan te gaan én te winnen. Mijn binnenwang bloedt, ik moet ophouden erop te kauwen. Ophouden. Pers mijn lippen op elkaar.

Na het handen schudden kondigt Alex aan dat we hier bijeen zijn om het over mijn functioneren te hebben. Als een voetballer die een strafschop gaat nemen, vliegt zijn borstkas op en neer. Hij wil scoren, gaat voor het goud.

Antoin bloost. Het is voor het eerst dat ik hem zo rood zie worden.

Mijn functioneren? Hoezo? We zouden het toch over het salaris hebben?

Dat is hetzelfde, merkt Alex op, in zijn stem een ongeduldige ondertoon.

Antoin knikt. Zo is dat.

Natuurlijk protesteer ik. Natuurlijk laat ik niet over mij heen lopen door de heren directeuren. Nee, verre daarvan. Ik interrumpeer, strijk een paar haarlokken naar achter, uit mijn blikveld, en eis het woord op. Rustig, zoals je zoiets behoort te doen, hou ik mijn verhaal, leg uit wat er aan de hand is en onderbouw mijn betoog met argumenten. Dat ik er toevallig achter kwam dat collega Teun, een man, die hetzelfde werk doet, meer verdient.

Alex valt mij in de rede. Dat ik bij hem niet hoef aan te komen met dat soort feministische praatjes. Onder het spreken: spuug uit zijn mond. Niet veel, maar toch. Het belandt op tafel. Een kloddertje. In het midden, precies tussen ons in. We kijken er alle drie naar.

Met twee handen op de buik controleer ik mijn ademhaling. Kalmte, geen emoties, geen, niet, nee. Ik begin opnieuw, nu in de vorm van een vraag. Of zij me kunnen uitleggen hoe het komt dat een mannelijke collega met minder werkervaring dan ik voor hetzelfde soort werk meer betaald krijgt?

Alex heft zijn handen omhoog, hij wenst mij niets uit te leggen. Niet nu. Eerst wil hij het hebben over mijn functioneren, daarna kunnen we kijken naar mijn salaris. Zo gaan we het doen en niet anders. Zijn handen terug op tafel, met een klap die zeker te horen moet zijn buiten deze kamer, in de gang en misschien zelfs wel in de pantry.

Ik wend mijn blik af naar beneden, de punten van mijn

schoenen: pumps met leren zool. Stom wicht, gaat het door mijn hoofd. Haat mezelf. Laf, laf.

Wanneer Alex beweegt, opschuift naar voren, tot op het puntje van de stoel, kijk ik weer omhoog. Hij heeft nog altijd die purperen gloed op zijn gezicht, alsof hij is geschminkt voor een optreden.

Dit is niet de eerste keer dat ik kritiek krijg, daarvoor ga ik te lang mee als werkend lid van de samenleving. Laat niemand mij verdenken van ongebreideld narcisme.

Een samenvatting: ik voel niet aan wat zij precies willen, ik ga te veel mijn eigen gang – maar ook weer niet, want ik heb veel begeleiding nodig. Ben ik de bijrijder of degene die aan het stuur zit? En als ik niet aan het stuur zit, welke kant wil ik dan op?

Ondertussen zoeken mijn ogen die van Antoin. Ik hoop dat hij op mijn hand is, een beetje tenminste. Help, waar gaat dit heen, vraag ik zwijgend. Wat is de bedoeling?

Hij ontwijkt mijn blik, maakt zich klein. Letterlijk. Hij schuift naar beneden als een lappenpop, het onderlichaam onzichtbaar verborgen onder de tafel. Twee schouders hangen in zijn colbert alsof het hem een paar maten te groot is.

Alex gaat door. Als een kat met zijn prooi speelt hij met mij, tikje hier, aai daar. Oké, die website was een mooie prestatie, maar hoe verder? Heb ik daar al plannen voor? Nee? Waarom niet? Waar is mijn visie, welke koers gaan we varen pakweg de komende vijf of tien jaar?

Vraag na vraag stapelt zich op. Aanvankelijk kom ik nog met antwoorden en tegenvragen, maar algauw doe ik er het zwijgen toe. Zonde van de energie. Deze vragen zijn niet bedoeld om te worden beantwoord, helemaal niet, ze dienen alleen om mij te kleineren.

Nu hij op dreef is slaat Alex op hol. Adrenaline en testosteron razen door zijn lichaam, jagen zijn geest op. Hij ruikt bloed, mijn bloed. Dat ik een emotioneel type ben, té naar zijn smaak, hysterisch bijna. Dat hij dit niet had verwacht van een vrouw met zoveel ervaring, zo'n lange loopbaan achter zich. Nota bene dé doorslaggevende reden voor de keuze voor mij in die job. Als hij dit van tevoren had geweten…

Hij maakt die zin niet af. Dat hoeft ook niet. Iedereen weet wat hij bedoelt. Tranen prikken in mijn keel. Ik weet dat dit een uitdrukking is, een cliché, maar het is waar. Tranen kunnen prikken, echt, net als muggen of wespen.

De ongelijke beloning, mijn salaris, komt niet meer ter sprake.

Dat ik niet zo over me moet laten lopen, luidt het oordeel van de echtgenoot.

Mist voor mijn ogen. Nevel. Ik moet niet, ík…

O, dus het is allemaal mijn schuld. Dat ontbreekt er nog aan, een echtgenoot die mij in het beklaagdenbankje zet, juist nu. Troost wil ik, niet iemand die gaat vertellen dat ik assertiever moet zijn, aanvallender, of god mag weten wat. In elk geval anders, beter: want hoe ik ben, is niet goed genoeg.

We zitten naast elkaar op de bank, de televisie aan, er wordt niet naar gekeken. Zijn ogen staan slaperig, of ze elk moment kunnen dichtvallen. Moe is hij, dat zie ik en toch wil ik hem niet sparen.

Dat ik daar niets aan heb, aan zo'n opmerking, gooi ik eruit.

Ho, ho. De echtgenoot maant tot kalmte, gaat rechtop zitten, van slaperigheid is geen sprake meer. Nu moet ik de zaak niet op hem afreageren, maar een eigen plan trekken. Wat wil ik?

Wat ik wil? Wraak of nee, weg. Ik wil weg, ik wil niet werken voor een baas die er plezier in heeft om zijn medewerkers te vernederen en een tweede baas die dit laat gebeuren zonder een vinger uit te steken.

Dan wil hij het zeggen, de woorden liggen op zijn lippen, klaar om te worden uitgesproken. Als hij merkt dat ik naar hem kijk, naar zijn mond, slikt hij ze weer in. Maar ik heb het gezien. Hij had willen zeggen: Je hebt er zelf voor gekozen. In plaats daarvan zegt hij: Is het verstandig om nu al weg te gaan? Je werkt er net.

Verstandig, wat kan mij dat schelen? Het gaat niet om verstand, maar om mijn ziel.

In zijn ogen ligt die relativerende en tegelijk alwetende blik. Een blik die ik haat en wel zo oprecht en diep dat ik een rilling voel. Hoeveel haat moet je voelen om iemand te lijf te gaan? Kijk hem, kringen onder zijn ogen. Niet langer mijn vriend maar mijn vijand. Ergste vijand. Want ik heb niets aan rationeel geleuter, ik wil iemand die met mij mee raast, mij honderd procent in het gelijk stelt en me laat uithuilen op zijn schouders omdat de wereld zo'n *fucking* rotzooi is.

De kinderen bonken naar beneden. Of het zachter kan. Mama gilt zo hard dat ze niet kunnen slapen.

Natuurlijk, natuurlijk mama gilt te hard. Het zal mama

weer niet zijn, altijd mama die overlast geeft. Nee, dan papa, die gilt nooit. Het toonbeeld van gelijkmatigheid. Zo ver verheven boven alle vormen van hysterie dat het haast onmenselijk is. Maar wat de kinderen niet weten, niet vermoeden in hun naïeve apenliefde, is dat papa gewoon slimmer is dan mama. Papa mompelt. De meest vreselijke dingen weliswaar, dingen die recht door je hart boren maar dat geeft niet omdat het in het geniep gaat, omdat niemand het hoort.

Mama heeft er genoeg van. Mama gaat naar bed. Mama wil even geen mama zijn.

– 8 –

Soms moet je jezelf bij de oren uit het moeras trekken, afspoelen en doorgaan met het leven. Met die gedachte werd ik vanmorgen wakker. Zondagochtend. Het is koud. Het heeft hard gevroren vannacht. Maar toch. Over een dikke maand komt de lente eraan. Echt, echt, ook dit jaar weer. Blaadjes, groen en vers aan takken zo kaal dat je denkt dat er nooit meer iets zal groeien, dat ze dood zijn. Niets is minder waar. Ze houden alleen hun adem in, sparen hun kracht totdat het moment daar is.

Terwijl ik me oprichtte, de slaap uit mijn ogen wreef, nam ik een besluit. Vanaf dit moment ga ik het allemaal anders aanpakken. Het roer gaat om.

Een paar uur later, al zumbapasjes makend in de sportschool, krijg ik het ene idee na het andere. Mijn hersenen maken overuren, de ene helft overtreft de andere in het bedenken van plannen om mijn werksituatie voor eens en altijd onder controle te krijgen. Ik wil geen speelbal meer zijn van wie dan ook, niet overdonderd worden door een spervuur aan vragen. Nee. Ik zal de regie in eigen handen nemen, mijn voorwaarden dicteren, nooit, echt nooit meer als een geslagen hond erbij zitten, het hoofd naar beneden.

Ha, eindelijk. Het zweet komt los, nattigheid in mijn okselholtes, mijn onderrug. Salsa, merengue. De Zuid-Amerikaanse klanken zwepen me op. Los die heupen, zwaaien met mijn billen. Zumba, zumba. Een jaartje doe ik dit nu, samen met Trix, maar vandaag is ze er niet. Hoofdpijn.

Zumba. Al dansend fit worden en afvallen. Tenminste, dat zegt men, dat staat op de affiches, maar ik heb daar niet veel van gemerkt. Dezelfde rollen in mijn taille, ontsierend en een buikje dat uit zichzelf lijkt te groeien, op te bollen – zonder enige reden, want zoveel eet ik niet en snoepen doe ik nooit.

Wat ik ook doe, het vet groeit gewoon aan, hoopt zich op. En niet alleen rondom mijn buik maar ook de bovenarmen moeten eraan geloven, verdubbeld zijn ze. Het enige wat helpt, dat opmontert, is de spiegel vermijden, de lange spiegel dan, die waarin je jezelf van top tot teen kunt zien.

Naar het toilet. Een Tena Lady verwisselen. Prachtige uitvinding. Superdun. Twee keer per les verschonen. Als we elkaar tegenkomen in de nauwe toiletten, wij oudere zumbadames, wisselen we een blik van verstandhouding uit.

Terug. Een reggaenummer. Heerlijk, na al dat merenguegeweld. De cooling down. Nog vijf minuten en de les is afgelopen.

Plotseling is het idee geboren, weet ik wat mij te doen staat. Terwijl Bob Marley zingt *No woman, no cry*, openbaart zich het visioen. Ik ga met Alex lunchen. Een werklunch, alleen wij tweeën. Ik moet de kou uit de lucht krijgen, die spanning

tussen ons wegmasseren en dan, ooit, later, kan ik terugkomen op die ongelijke beloning.

Tijdens mijn lunch met Alex wil ik er perfect uitzien, een
tikje imponerend ook, net genoeg om indruk te maken. Dat
betekent een nieuwe outfit kopen. Maar niet alleen. Mijn
dochter moet mee. Zij is mijn belangrijkste gids in kleding-
land sinds de dag dat zij mij naar het hoofd gooide dat ik een
camel toe had.

Een wat?

Kamelenteen, vertaalde ze.

Niet-begrijpend stond ik voor haar in mijn zojuist gekoch-
te sportkleding, klaar om op de fiets te springen, naar zum-
bales.

Bijna huilend van de lach wees ze naar me.

Zoon erbij, wist kennelijk eveneens wat het betekende, een
kamelenteen, en ook hij barstte in lachen uit.

Genoeg, ik moest weg naar zumba, en deze puberongein
kon ik niet gebruiken. Wat is er aan de hand en wat hebben
kamelen ermee te maken?

Kom eens hier, gebaarde mijn dochter… De welving van
mijn geslacht, in deze broek.

Kamelenteen, hoezo, lijkt die dan…?

Ja, knikken dochter en zoon tegelijk.

Opzoeken, computer aan, internet. Ze houden me voor de
gek, vast, het stel schooiers.

Niet dus. De teen van een kameel is het evenbeeld van een
vulva en ik was volgens hen gekleed in een sportbroek die wij
vroeger typeerden als 'lipleesbroek'. Vond het zelf meevallen,

te verwaarlozen, maar durfde hem toch niet meer aan.

Toen is het gebeurd. Kortsluiting in mijn hersenen. Wat kan wel, niet? Ik ben het spoor bijster. Sindsdien vraag ik raad aan mijn dochter, haar mening over wat ik zal aantrekken. En zij, zij kan zich slecht vinden in mijn smaak. Te jeugdig, oordeelt ze meestal. Sjonnie-achtig, noemt ze dat in hedendaags jargon. Het is niet dat ik domweg al haar aanwijzingen opvolg, ik beslis nog altijd zelf, maar toch… Ik durf niet langer blindelings te vertrouwen op mijn eigen oordeel.

Het is vreemd wat er gebeurt na je veertigste. Een goed bewaard geheim. Niemand praat erover, of bereidt je erop voor, zelfs je eigen moeder niet. Ik kon haar nog wel vergeven dat ze vals luchtig deed over de weeën, de pijn die ze doen.

Ach kind, je bent het zo weer vergeten, een heftige menstruatiepijn, dat is alles.

Het kost me heel wat meer moeite om door de vingers zien dat ze ook het menopauzedeel van een vrouwenleven heeft verzwegen. Geen woord, nooit, terwijl ze het zelf moet hebben meegemaakt. En als ik haar er nu naar zou vragen, zou ze vast en zeker beweren het niet meer te weten. Dat doet ze met alles uit het verleden. En misschien, misschien spreekt ze de waarheid wel.

Feit is dat een vrouwenleven verandert als ze een jaar of veertig wordt. Althans, de wereld om haar heen wordt anders, hoe men naar haar kijkt, haar tegemoet treedt. Voor de buitenwacht is ze plotseling geen individu meer, uniek, maar een massaproduct. Object: vrouw van middelbare leeftijd. Als dat eenmaal op je voorhoofd staat, stap je een nieuwe wereld binnen. En geen wonderland, maar een horrorland. Rigide.

Met strikte regels. Regel één: veertigplusvrouwen moeten uit de schijnwerpers vandaan, zich terugtrekken in de coulissen en alleen tevoorschijn te komen als er hulp of raad nodig is. Ze dienen gekleed te gaan in eenzelfde uniform – zo wijd en onopvallend mogelijk – hun haren noch te kort noch te lang te dragen en dienstbaarheid uit te stralen. Sommige mensen noemen dat wijsheid. Hoe eufemistisch...

Deze verandering voltrekt zich onverwachts en abrupt. Van de ene dag op de andere is het gebeurd, net zoals een sneeuwbui in een ommezien de wereld een ander aanzien geeft. Voor die leeftijd is het de meeste mensen worst hoe je eruitziet. Korte rokken, lange, kaftans, hotpants: alles kan. Daarvoor is gevochten. De jaren zestig. Hippies. Vrijheid. Lange haren. Die vrijheid, die alles-moet-kunnen-mentaliteit, blijkt echter een houdbaarheidsdatum te hebben.

Zodra je merkt dat iedereen zich het recht toe-eigent om kritiek te leveren op jou, je outfit, je keuzes, dan is het moment daar. Verdwenen die vrijheid, bedorven als overrijp fruit. Meest opzienbarend vind ik dat vrouwen dit accepteren als een natuurlijk verschijnsel. Zelfcensuur. Sterker nog, ze worden elkaars grootste criticasters.

Nee, dat kan werkelijk niet, nee, niet op deze leeftijd...

Na de veertig is het: knieën bedekken. Vijfenveertigplus betekent: bovenarmen uit zicht, en bij vijftig valt het doek. Alles omsluieren – of simpeler: een boerka dragen.

In het begin probeerde ik te rebelleren. Liep een CoolCat binnen, kocht een T-shirt met spaghettibandjes. Niets aan de hand, mij kregen ze niet klein. Totdat... Trotseer maar eens met opgeheven hoofd die blikken, dat gesnuif, de opmerkingen. Ze moet zo nodig... En dat alleen omdat je misschien ietsjes bloot bent of uitgeschoten met je lippenstift. Kan niet, mag niet. De regels zijn pijnlijk scherp, als het scalpel van een chirurg.

Met mijn dochter ga ik kleren kopen in de winkel waar je alle andere moeders uit de buurt tegenkomt. De Rode Roos, die winkel waar alles net iets duurder is. Maar ja, dan heb je ook wat. Let wel, er elegant uitzien mag, maar niet te sexy. Dat is ongepast voor een vrouw van middelbare leeftijd.

Dochter en ik stappen de winkel binnen, de enige waar zij mij graag als klant ziet.

Waarom koop je daar je kleren niet, mam, die winkel is perfect voor moeders van jouw leeftijd.

En dan volgt een rij namen van moeders van vriendinnen, die daar allemaal vaste klant zijn en zien ze er niet altijd geknipt uit? Terwijl ik, tja...

De Rode Roos, een winkel met de meest seksloze kleding van heel Amsterdam voor de vrouw met dat maatje meer. Ik geef me eraan over. Dochter glundert in haar zwarte legging, zwart T-shirt en al het andere zwart dat haar omgeeft. Geniet maar van je vrijheid, meisje, denk ik, kleed je zo gothic als het maar kan; en die piercings die je zo graag wilt, ach, waarom ook niet? Nu kan het nog, voor je het weet ben ook jij vijftig en sta jij hier met jouw dochter. De traditie zet zich voort...

Duur is het, al die merkkleding. Voor kwaliteit moet je betalen. Uiteindelijk kies ik een wijde broek, zwart, een groene pullover met omhoog staande col en een leren riem. Wanneer ik uit het pashokje kom en in de spiegel kijk, zie ik een vreemde vrouw voor me: een schooljuffrouw of politieagente.

Mooi hè, mam? verzucht mijn dochter en ze kijkt mij voor het eerst sinds lang aan zonder vijandigheid in haar ogen.

– 9 –

Op een dinsdag in maart is het zover. Eindelijk. Twee keer heeft hij laten afzeggen door zijn secretaresse. Op het laatste moment. Ik durf bijna niet te geloven dat het er nu echt van zal komen. Verwacht elk moment een telefoontje: helaas, Alex moest ineens naar Duitsland, is ziek geworden of wat ook. Maar nee. Niets.

We hebben afgesproken in een restaurant even buiten Hilversum. Het is koud, buiten zitten is geen optie, dus neem ik binnen plaats, dicht bij het raam zodat ik Alex kan zien aankomen, en bestel een kop thee.

De nieuwe zwarte broek kriebelt. Een allergische reactie. Dat krijg je van die dure merken, chique maar onpraktisch. Al krabbend – links, rechts, achter, voor – drink ik met kleine slokjes.

Veel mensen zijn er niet. Een bejaard echtpaar in de hoek, fles wijn op tafel. Ze eten langzaam, of ze elke hap tot in de finesses willen proeven. Zij is mooi geweest vroeger. Onmiskenbaar. Mooie vrouwen behouden altijd een uitstraling van zelfverzekerdheid. Alsof ze weten dat die schoonheid af en toe oplicht, dwars door hun oudevrouwengezicht heen.

Als dochter van een mooie moeder heb ik het van dichtbij meegemaakt. Schoonheid die zich terugtrekt, steeds verder maar nooit helemaal. Mijn moeder. Wat heb ik haar benijd om dat uiterlijk, gehaat zelfs. Niets heb ik daarvan meegekregen. Of er een complot is gesloten in het universum om al haar genen te wissen uit mijn DNA. Ik ben helemaal mijn grootvader: dat hoekige, de te grote neus. Niet mooi maar met de ogen van een ree, donker en net zo oplettend.

Alex is te laat. Wanneer niet? Ik heb niet vaak meegemaakt dat hij op tijd kwam. En verontschuldigingen… ho maar. Alsof het de normaalste zaak van de wereld is dat mensen op hem wachten. Niemand, niemand die er iets van zegt.

Het laatste slokje thee. Hoelang zit ik hier nu al te nietsen? Kom op, oefenen dan maar. Gebruik die tijd. Voor de zoveelste maal neem ik mijn tekst door en concentreer me op mijn houding. Juist het non-verbale mag ik niet vergeten. Trix was mijn coach voor dit gesprek. Geen slachtofferrol, zelfbewust, luchtig en niet emotioneel. Doel van deze lunch: verbetering van de relatie. Over het salaris praten kan maar is niet noodzakelijk en zeker in het begin ongepast.

Een tweede kop thee.

De auto van Alex in zicht, terreinwagen, zo'n bakbeest om mee door Afrika te crossen en hier in Nederland zo misplaatst als een Eskimo in de Sahara. Deur open. Hij stapt uit. Eerst de punt van zijn schoenen en daarna de rest.

Wanneer hij het grindpad op loopt, met elke stap dichterbij komt, begint mijn hart te bonken. Zo ging het nooit tijdens het oefenen met Trix. Kalm was ik dan, ontspannen, terwijl nu… Ik wil weg, naar buiten. Mijn ogen zoeken de deur. Waar is de uitgang? Dat het een vergissing is, dreunt het door mijn hoofd, dat dit nooit goed kan gaan ondanks alle instructies en coaching. Later, later verzin ik wel een excuus waarom ik er niet was, maar eerst moet ik naar de deur, eruit, weg.

Te laat.

Hij staat binnen en stapt op mij af. Zich vooroverbuigend geeft hij een hand, zijn lippen glimlachen. Misprijzen, spot? Ik weet het niet. En waarom toch dat handen schudden, vraag ik me af, elke keer weer? Onnodig. Wie geeft er nu bij elke ontmoeting een hand? Het is net of dat geschud compensatiegedrag is, spijtbetuiging vooraf. Excuus, jammer voor jou, ik geil op macht, het vernederen van mensen, kan er niets aan doen, zo zit ik nu eenmaal in elkaar.

Zijn laptoptas met een klap op tafel, suikerpot en peper-en-zoutvaatjes trillen mee. Zitten. Hij wil direct bestellen, pakt de menukaart.

Doe maar een uitsmijter, zegt hij, een uitsmijter met een jus d'orange.

En ik? Ik weet het niet. Wat wil ik? Niets eigenlijk, want mijn maag zit op slot, mijn keel ook. Toch moet ik eten, iets. Het wordt een tosti.

De ober neemt de bestelling op, niet met pen en papier maar met een apparaat. Het lukt niet meteen. Of we het nog eens willen herhalen… Blos op zijn wangen.

Geeft niets, knik ik hem toe, bestellen we toch opnieuw.

Slecht begin, irritatie bij Alex. Hij duldt geen fouten, geen enkele, van niemand.

We zijn eindelijk alleen. Waarover wil ik het hebben, hij heeft exact een halfuur.

Ik begin meteen, en vraag me niet hoe dat komt, over mijn salaris. Zonder enige inleiding. Ik schiet uit mijn rol. Volledig. Alle voorbereiding ten spijt. Van veraf hoor ik mezelf praten, of er een ander in mijn lijf zit en ik erboven zweef, als een veertje voortgejaagd door tochtvlagen en niet in staat om een eigen koers te bepalen.

Opnieuw die gedaanteverandering bij Alex. Het aanspannen van de kaakspieren, ademhaling die van zijn buik verhuist naar hoog in zijn lichaam bijna tot aan het strottenhoofd. De wangen met purperen gloed, zijn lippen die doorbloed raken, de kleur van rauw vlees, biefstuk. Recht kijkt hij mij aan zonder te knipperen met zijn ogen, als hij zegt dat ik geen cent méér krijg.

Er komt een vliegtuig over, lager dan normaal, wanneer de ober onze tafel nadert met uitsmijter en tosti. Zorgvuldig zet hij alles op tafel. Goed zo? Ik knik van ja.

Alex snijdt zijn brood in repen en daarna in blokjes, net zoals mijn oma deed wanneer ik bij haar logeerde. Boterham met speculaas en dubbel boter. Hij hanteert zijn mes als een chirurg, snijdt op de millimeter. Kaarsrecht zonder enige uitschieter.

Tanden in mijn onderlip, hard, harder. Verdomme, vloek ik binnensmonds, verdomme. Waarom ben ik tegen al mijn voornemens in direct over dat salaris begonnen? Een verstandsverbijstering, vlaag van waanzin? Wat in deze man heeft zo'n ontregelend effect op mij?

Hij keurt me geen blik waardig, al zijn aandacht gaat uit naar de uitsmijter die hij al voor driekwart naar binnen heeft gewerkt. De sla versierd met wortelreepjes en radijs laat hij staan, hij eet alleen het ei. Ik heb mijn tosti niet aangeraakt, zal dat ook niet doen, alleen de aanblik al doet me kokhalzen.

Een slok thee en nog een. Ik drink door. Maar het helpt niet de gedachte te verdrijven die door mijn hoofd blijft spelen als een plaat die vastzit in een groef, want ik kan niet anders denken dan: zou hij een erectie hebben? Windt het hem op, die macht, dat hij mij iets kan onthouden wat ik graag wil, waarop ik recht heb?

Trix begon erover, ooit, en nu zit ik ermee.

Volgens Trix kan dat niet anders. Zo zijn dat soort mannen, beweert ze met de stelligheid van een vrouw die weet wat er in de wereld te koop is.

Dat is de rol die zij graag aanneemt. Cosmopolita. Wereldvrouw. Bij haar vergeleken voel ik me altijd dat provinciaaltje, een plattelandsmeisje dat weliswaar al jaren in de grote stad woont maar waarin toch ergens provincialisme schuilt. Trix is in Amsterdam geboren en heeft daar haar hele leven gewoond. Haar verkoop je geen knollen voor citroenen. Een powervrouw. Nooit gebrek aan mannelijke aandacht. Ze hoeft maar een keer met die krullenpracht te schudden en ze heeft beet. Alleen haar eigen man zag dat niet, of onvoldoende, want hij ging ervandoor met de secretaresse. Het liep slecht af en nu zit hij te kniezen op een flatje in Amstelveen.

Mannen als Alex schaart Trix onder het type: kleine pik – grote bek. Wat stelt die vent nou feitelijk voor? Een man met een kleine piemel, meer niet. Zijn manier van doen is een klassiek voorbeeld van compensatiegedrag.

Wanneer de psycholoog in Trix ontwaakt, is het einde zoek. Waarom ga je geen psychologie studeren, past zo helemaal bij je, vraag ik haar vaak. Zoals zij mensen denkt te doorgronden en in een oogopslag...

Ze graaft verder. Zijn jeugd, daar moeten we naartoe. Dat is de plek waar de kiem ligt.

Het is simpel, ik moet mijn ogen dichtdoen en visualiseren. Een kleedkamer van een of andere sportclub – voetbal, hockey maakt niet uit. Onder de douche staat een klein jochie, de kleinste van allemaal. En niet alleen daar, maar thuis ook, altijd en overal is iedereen groter. Al zijn hele leven moet hij tegen anderen opkijken, letterlijk zijn hoofd oprichten, en dat elke dag weer.

Als je zo doorgaat, ga ik hem nog zielig vinden, werp ik tegen.

Maar Trix hoort me niet, ze gaat helemaal op in haar visioen. Terug naar de kleedkamer, de douche. Al zijn klasgenootjes hebben een grotere, zie hem gluren naar die anderen en terug naar zichzelf, zo klein, vormloos. De tranen schieten in zijn ogen en dan, op dat moment, besluit hij de hele wereld te laten zien dat hij een heerser is. Dat hij ondanks zijn postuur en kleine geschapenheid een kerel is, een alfaman...

Met twee handen op de tafel slaand, alsof ze wil zeggen: Dat heb ik toch maar mooi voor je opgelost, kijkt Trix me aan. Of ik hem nu snap, zijn gedrag, vraagt ze terwijl ze schuins loert naar de barman, op wie we allemaal verliefd zijn, al is het maar een beetje.

Geen commentaar, wat moet ik met deze tirade? Trix de psycholoog, psychiater, de alweter. Dat superieure toontje… Eigenlijk wil ik naar huis, wilde dat allang, voordat ze begon met haar ontleding van Alex, zijn jeugd, karakter.

Kennelijk vat zij mijn stilte op als ongeloof want al lopend naar de bar – gaat ze weer bestellen, nee toch? – voegt ze toe dat ik de proef maar op de som moet nemen, kijken naar zijn gulp als hij weer de machtswellusteling uithangt, of ik daar iets zie bobbelen.

Dus hier gezeten, in dit restaurant, buig ik mij verder opzij om beter zicht te hebben. Ik gluur vanuit mijn ooghoeken naar het onderlichaam van Alex.

Niets. Achter de rits van die corduroybroek blijft alles rustig en in de plooi.

Of hij mijn blikken voelt, schuift hij zijn stoel tot onder de tafel, veegt zijn mond af met het servet naast zijn bord en merkt op dat hij mij niet begrijpt. Zijn ogen klauwen zich in die van mij, met geen mogelijkheid kan ik mijn blik afwenden. Verlamd, gevangen.

Dan zegt hij het. Weer speelt er een glimlach om zijn lippen, maar nu is er geen twijfel mogelijk, het misprijzen, de ironie druipt ervan af. Hij zegt dat hij niet begrijpt dat een vrouw als ik, van mijn leeftijd, zoveel eisen stelt. Dat ik blij mag zijn met deze baan en dat het voor een vijftigjarige heel moeilijk is om een nieuwe werkgever te vinden.

Later, thuis – alleen in mijn werkkamer, want ik wil niemand zien – weet ik precies hoe ik Alex had moeten pareren. De woorden dienen zich vanzelf aan, als op een presenteerblaadje, ik hoef ze er alleen maar vanaf te pakken. Starend door het raam, naar het grasveld, de kade daarachter, zeg ik hardop dat dit een ongepaste opmerking is, respectloos en onfatsoenlijk. Niet alleen is het een dreigement maar ook leeftijdsdiscriminatie.

Maar wat zei ik toen ik tegenover hem zat, in levenden lijve en niet, zoals nu, veilig in mijn eigen huis? Eerst niets, omdat ik moeite moest doen om mijn hart in het gareel te krijgen, dat kloppen te laten ophouden voordat er een ontploffing zou volgen – of erger nog, een hartaanval. Daarna, gekalmeerd, merkte ik op dat de arbeidsmarkt voor vijftigers heus zo slecht niet was, en als de economie aantrok, zou er weer werk zat zijn, voor iedereen.

Geen antwoord. Of alles wat ik opperde, langs hem heen ging. En waarschijnlijk klopte dat ook, was hij allang weer ergens anders mee bezig, iets belangrijks, belangrijker tenminste dan dit onderonsje dat niet langer dan een halfuur mocht duren.

En inderdaad, na precies dertig minuten schoof hij zijn stoel achteruit, bruusk zoals alles wat hij deed. Hij stond op, een korte groet en weg was hij. Hij liet mij achter met de rekening en een vermoeidheid die tot dan toe nog onbekend voor me was.

Zo zit de wereld in elkaar, stel ik vast nadat ik voor de zoveelste keer ga verliggen, hopend mijn echtgenoot niet wakker te maken met mijn gewoel. Terwijl ik tuur naar het plafond, maak ik de rekening op. Mannen en vrouwen hebben gelijke rechten, dus ze verdienen een gelijke beloning. Opnieuw draai ik, op mijn buik dit keer. Als ik nog wil slapen deze nacht, moet ik ophouden met denken. Maar ik maal door, kan niet meer stoppen. Met open ogen ga ik verder met mijn betoog – of beter gezegd, het betoog gaat verder met mij. In gedachten zie ik me spreken voor een groot publiek, de Verenigde Naties…

Ondanks de gelijkheid tussen mannen en vrouwen, dames en heren, worden vrouwen in de praktijk onderbetaald. Een schrijnende zaak. Daarover zijn vriend en vijand het eens. Het is wettelijk verboden, zowel nationaal als internationaal. Vrouwen pikken die ongelijke beloning niet en eisen hun rechten op. Met succes. Leve de emancipatie.

Het publiek klapt, ik neem het applaus in ontvangst met de vanzelfsprekendheid van iemand die eraan gewend is om te worden bejubeld. Een licht knikje met mijn hoofd… Maar dan…

Op een dag word je veertig, vijfenveertig of vijftig. Je kansen op de arbeidsmarkt zijn gekrompen, verschrompeld, net zoals jijzelf, je lijf, je huid. Natuurlijk klamp je jezelf vast aan de baan die je hebt, als je er tenminste nog een hebt, want je weet dat ontslag als een mokerslag op je hoofd zal neerkomen. Eenmaal ontslagen sta je aan de zijlijn, een nieuwe baan vinden is vrijwel uitgesloten. Je bent te oud. Niet alleen jij weet dat, maar ook je werkgever, collega's, de rest van de wereld.

Je bent vleugellam, een vogel besmeurd met olie. Want durf

je nog een mond open te doen over ongelijke beloning of je kritisch uit te laten over welke misstand dan ook?

Nee dus. Kortom, vrouwen van middelbare leeftijd zullen zich moeten schikken, leren zwijgen en accepteren. Geen protest, klokken luiden of assertiviteit. Gooi die hele emancipatie maar de prullenbak in, lieve Sarahs, en kruip in het keurslijf van de onderdanigheid, gehoorzaamheid. Spreek alleen wanneer iemand je iets vraagt. Emancipatie is voor jonge vrouwen, voor de jeugd. Eenmaal ouder ben je uitgeteld, een makkelijke prooi voor iedereen die zijn tanden in je wil zetten.

Net voor ik toch in slaap val, koorddansend tussen bewustzijn en droom, bedenk ik dat ik die broek nooit meer zal aandoen, dat zwarte kreng van kriebelstof. Morgen ga ik naar CoolCat en koop de winkel helemaal leeg, tegen alle kledingvoorschriften in, tegen de wil van mijn dochter in, tegen iedereen in.

– 10 –

Het telefoontje dat ik al zolang verwacht – of beter gezegd: vrees – komt eind april.

Met je moeder…

Haar stem klinkt koel als altijd, beheerst, of toch niet? Mijn maag trekt samen, wordt hard als een biljartbal. Wanneer mijn moeder belt, schrik ik automatisch: is er iets aan de hand? Het is een instinct.

Zo gaat dat tegenwoordig. Toen zij jonger was en mijn vader nog leefde, speelde dit helemaal niet. Vader was in die tijd bij haar, geen zorgen. Maar nu is zij alleen.

Moeder is drieëntachtig. En net zoals veel mensen van die leeftijd is ze fragiel, gekrompen, niet meer de vrouw die ze was. Haar huid is doorschijnend, of je de botten erdoorheen kunt zien als je lang genoeg kijkt. Na de dood van mijn vader dacht ik dat ze erin zou blijven, weg zou kwijnen. Maar dat viel mee. Er vond zelfs een opleving plaats, ze ging er vaker opuit, wandelen met vriendinnen. Of ze meer zin in het leven kreeg.

Niet helemaal onbegrijpelijk. Een makkelijke echtgenoot heeft ze nooit aan mijn vader gehad. Nors en nukkig was hij. Wat ze ooit in hem zag? Geen idee. Daarover hebben zich al heel wat mensen het hoofd gebroken. Zij, een mooie vrouw, levendig, een tikje creatief. Hij, burgerman, belastingambtenaar, zonder enige ambitie. Een raadsel – behalve voor haar, want zij bleef bij hem tot het einde.

Of alles goed is, vraag ik, vervloek de lijn die ruist en maakt dat ik haar slecht hoor.

Maar nee. Ze belt met slecht nieuws. Het komt er moeizaam uit, hakkelend. Een gezwel, pijn, ze is al bij de huisarts geweest, maandag moet ze naar het ziekenhuis voor onderzoek.

De wereld staat stil, zeker een minuut. Dan begint hij weer te draaien, draaien...

Wat, hoe, wanneer? Ik stort de ene na de andere vraag over haar uit. Het zijn er te veel. Ze weet het allemaal niet. In haar stem klinkt angst. Ik huiver. Zij, de dappere, zij die bang is voor niets en niemand, mag gewoonweg niet angstig klinken. Dat past niet bij haar.

Stilte. Niemand praat. Ik wil wat zeggen, haar geruststellen, maar kan geen woorden vinden.

Ben je daar nog, mam? vraag ik ten slotte.

Ze antwoordt niet.

Mam? Huilt ze, hoor ik dat goed?

Op dat moment houdt ze op mijn moeder te zijn, wordt zij mijn kind, mijn liefste kind. Beloofde ik niet voor haar te zorgen toen mijn vader stierf? Dat ik eraan kom, meteen, zeg ik en verbreek de verbinding.

Dochter en zoon om mij heen, is er iets met oma en waarom zie jij zo bleek, mama, wat is er?

Geen vragen, ik hef mijn handen omhoog, bezwerend bijna. De kinderen zijn voor even verstoten van de eerste plaats in mijn leven. Die is nu voor haar, moeder.

Ik moet erheen, mompel ik al zoekend naar de autosleutels. Waar is papa?

Papa slaapt nog, antwoordt dochter terwijl ze al bijtend op haar nagels een nagelriem eraf scheurt.

Zeggen jullie tegen hem dat ik bij oma ben.

Weg, de auto in, ik rij te hard.

Het is tien uur in de ochtend.

Ik moet moeder beschermen, tegen dit ziekenhuis, de mensen, alles… Mijn moeder, kwetsbaar als een vogeltje, een baby, zoals ze daar wordt meegenomen door een verpleegster, ergens heen, een onbekende plek tegemoet, weg, weg van mij en broer.

Met moeite laat ik haar gaan, geef ik haar over. Ja mam, we wachten op je, natuurlijk wachten we. De deur klapt achter haar dicht.

Leegte. Wachten. De geur van het ziekenhuis, van ziekte, nestelt zich in onze kleren, haren. Om de tijd te doden halen we herinneringen op totdat ook dat reservoir is uitgeput en het wachten opnieuw begint.

Een slok koffie. Lauw. Doorslikken kost moeite, of mijn keel dicht zit, zich heeft gesloten, hermetisch als een schelpdier. Gedachten in mijn hoofd. Hoe moet het verder? Als ze het niet langer redt alleen, als er iemand voor haar moet zorgen, ben ik dat. Dat kan niet anders. Broer werkt in Brussel, heeft daar een flat en is alleen in de weekenden thuis. Voor spoedgevallen, zoals nu, komt hij wel over, maar niet voor de zorg van alledag.

Een zuster komt uit de deur waarin moeder verdween. Hoe het met haar gaat, roepen broer en ik tegelijk uit. De zuster antwoordt dat ze slaapt, dat alles goed is. Opluchting. We schieten in de lach om een kleinigheid, net als vroeger. Even, heel even is het als toen. Zus en broertje. Weet je nog, in Italië, herinner je…?

Lang duurt het niet, deze vertrouwelijkheid tussen ons. Of hij ervan is geschrokken, spijt heeft, trekt hij zijn gezicht in de plooi en vraagt hoe het bevalt met de baan. Verlang ik terug naar mijn oude stek?

Schouderophalend neem ik een slok koffie. Wat zal ik zeggen? Het is allemaal zo onbelangrijk op dit moment, ver weg ook, iets wat zich afspeelt in een ander universum.

Hij herhaalt zijn vraag, dit broertje van mij, deze man die mij tegelijk vertrouwd en vreemd is.

Het is wennen, antwoord ik op neutrale toon. Eigenlijk had ik dit onderwerp willen vermijden nu ik weet hoe hij erover denkt. Hij keurt het af dat ik deze stap heb gezet, een nieuwe baan op mijn vijftigste. Ik wil niet nog een keer mijn beslissing verdedigen.

Als er geluid klinkt vanuit de richting van de deur, moeders deur, kijken we er allebei naar. Niets. Een tochtvlaag waarschijnlijk. De deur blijft dicht. Zij erachter, onzichtbaar voor ons, buiten onze controle, niet te beschermen.

Of ik nog koffie wil. Broer staat half op om het te halen.

Ik schud mijn hoofd. Het is genoeg geweest. Hoeveel heb ik er al niet gedronken vanmorgen, zeker een stuk of vijf.

Hij gaat weer zitten, wil zelf kennelijk ook niets.

Dan, waarom weet ik niet – om de tijd te doden of misschien omdat het me hoog zit – vertel ik over mijn salaris, dat ik minder krijg dan mijn mannelijke collega's terwijl ik hetzelfde werk doe.

Weet ik dat zeker?

Ja, heel zeker. Ik heb het ze zelf gevraagd. Alle mannen bij mij op de gang. Er was er niet een die evenveel of minder dan ik verdiende.

Ongeloof in zijn ogen. Hoe is het mogelijk. Hij schudt zijn hoofd. In deze tijd, dat kunnen ze toch niet maken! Heb ik dat al aan de orde gesteld?

Wat dacht jij, twee keer zelfs, zonder resultaat.

De deur zwaait open, aan de arm van een zuster hangt mijn moeder. Een raar geluid ontsnapt haar, dierlijk bijna.

Wat hebben ze met haar gedaan? Ze ziet wit.

Nee, het viel niet mee, ze heeft veel pijn gehad. De zuster lacht verontschuldigend, ze kunnen oudere mensen niet diep verdoven, want dan is er kans dat ze niet meer ontwaken.

Waarom horen we dat nu pas?

Daarop kan de zuster geen antwoord geven.

De dag van de uitslag breekt aan. Voorzichtig neemt mijn moeder plaats op de bank in de wachtkamer. Een bank zo groot dat ze er bijna in verdwijnt. Of is het andersom? Is zij klein in plaats van de bank groot? Ze legt twee handen in haar schoot. Ze zegt niets, moeder, ze zwijgt, zoals vaker de laatste jaren. Niet langer het hoogste woord zoals vroeger met die lach, klaterend, aanstekelijk. Haar wereld is klein geworden, het leven speelt zich af in en rondom haar huis, buren, de tuinman.

Zoals ze daar zit, breekbaar bijna, wil ik haar in mijn armen sluiten, dicht tegen me aanhouden en nooit meer loslaten. Ik wil haar aaien over die haren zo wit en dun terwijl ik in haar oor fluister dat het goed komt, dat ze niets heeft, niets ernstigs tenminste, nee, geen zorgen. Maar mijn armen lijken verlamd, geen beweging in te krijgen. Volkomen verstard sta ik daar, als in ijzer gegoten.

Of we willen meekomen. De specialist. Hij glimlacht, mijn verstarring verdwijnt, er worden handen geschud. Wat is hij jong, denk ik, en deze man heeft het leven van mijn moeder in zijn handen.

In zijn kamer toont hij zich waardiger, meer zoals je van een dokter verwacht, het jongensachtige is van hem afgevallen wanneer hij uitleg geeft over het onderzoek, de resultaten. Zon schijnt in moeders gezicht, ze knippert, sluit even haar ogen en als ze die weer opent lijkt het of er een vlies overheen zit zoals bij een kameleon of een ander reptiel.

Diagnose: darmkanker.

We horen het aan in stilte, reageren geen van drieën, alleen de dokter praat, praat...

Een behandelprogramma komt op tafel. Eerst een scan, daarna een operatie of...

Midden in het verhaal heft moeder haar hand omhoog. Stop, zegt ze en haar stem klinkt weer net zo vastberaden als vroeger. Geen behandeling, geen ziekenhuis, ze zal zelf afscheid van het leven nemen als zij daaraan toe is, als haar toestand ondraaglijk is geworden.

Die zondag daarop wil ze met de hele familie uit eten. Een diner als afscheid omdat ze doodgaat. Of dit niet wat prematuur is, vragen broer en ik. Tenslotte kan ze nog jaren leven. Tumoren groeien zo snel niet na je tachtigste.

Maar zij wil dat het doorgaat, dit afscheid, en wel in haar favoriete restaurant. Spaans. En ja, het vriendinnetje van zoon mag ook mee, want die hoort nu bij de familie. Maar dan zonder kauwgum, denk ik en zie haar kaken voor me die malen, malen.

Zoon en dochter zien ertegenop. Als oma maar niet gaat huilen. En jij, mam, je gaat toch alsjeblieft niet huilen?

Geen gehuil, beloof ik plechtig, ze hoeven zich geen zorgen te maken.

Opluchting.

Of dat het ergste is, een paar tranen. Pubers, ik zal ze nooit begrijpen.

De avond zelf wordt een van de meest hilarische avonden die we ooit samen hebben doorgebracht. Alle droefenis ten spijt of juist daardoor, wie zal het zeggen, vielen we voortdurend van de ene lachaanval in de andere. We waren zo één, zo helemaal verbonden. Het ultieme familiegevoel. Misschien laadden we ons op, onbewust, voor wat er onvermijdelijk ging komen.

Een andere dag, niet veel later. Moeder aan de telefoon. Boodschappen doen gaat moeilijk, pijn, het huishouden schiet erbij in.

Thuiszorg? Een wachtlijst van een halfjaar. Ze wil trouwens geen vreemde mensen in haar huis. Stel je voor, die halen de boel overhoop, nee, daar heeft ze geen zin in. Maar er moet iets gebeuren…

Natuurlijk, natuurlijk, ik kan je wel helpen, ik woon dichtbij.

Waarom niet? Ze heeft er niet om gevraagd, maar dat hoeft ook niet. Op mij kan ze rekenen. In mijn hoofd maak ik een planning, als ik boodschappen doe, kan ik tegelijk voor haar inslaan. En dat huis… Als ik eens in de veertien dagen met een doek en een dweil erdoorheen ga, is dat vast wel voldoende. Ze is alleen, wat maakt ze vies? Niets toch?

Moeder krijgt een mobiele telefoon van broer zodat ze ons op elk moment kan bereiken. Hij houdt zich ferm als zij tegenstribbelt. Wat moet ze met dat ding, nergens voor nodig. Op de toon van onze vader, zoals die tegen haar kon spreken als hij het met haar oneens was, sommeert hij haar de telefoon bij zich te dragen, altijd. Stel dat ze valt en niet kan opstaan, wat dan? En, vervolgt hij, hij zal de buurvouw inlichten, dan kan zij ook een oogje in het zeil houden.

Toe maar. Dat broertje van mij.

Ik kom in een volgende fase van mijn leven, nu ben ik mantelzorger, zoals dat officieel heet. Er is zelfs een organisatie voor: Het Steunpunt Mantelzorg. En het allermooiste ontdek ik de volgende dag op Google. Ik behoor tot de generatie sandwich omdat ik zowel de zorg voor mijn kinderen als die voor mijn moeder heb.

Sandwich? Hotdog zul je bedoelen, tomatenketchup overal. Weer een nachtelijke bloeding, houdt het dan nooit op?

– 11 –

Collega Teun ziet me zo weinig de laatste tijd, zegt hij op een toon alsof hij dat jammer vindt. Hij komt mijn kamer binnen, blijft vlak voor het bureau staan en plukt aan de plant. Een ficus is het, zo afstotelijk dat ik hem het liefst door het toilet zou spoelen maar hij werd nog niet zo lang geleden aan mij toebedeeld door de huishoudelijke dienst en is dus niet zomaar weg te werken.

Ben ik op vakantie geweest?

Bij dat woord schiet ik in de lach. Was dat maar waar; al mijn vrije dagen gaan naar moeder. Ik vertel hem over mijn moeder, dat ze ziek is, kanker, en hulp nodig heeft.

Een gedoe, noemt collega Teun dat. Is het wel te combineren, een zieke moeder met baan en gezin? Waarom laat ik haar niet opnemen in een zorginstelling?

Tja, omdat dit zo eenvoudig niet is. Zorginstellingen hebben wachtlijsten en bovendien is zij niet dusdanig slecht dat ze daarvoor in aanmerking komt. En, het belangrijkste, ze wil niet. Ze wil thuisblijven, zolang mogelijk.

Collega Teun haalt zijn schouders op alsof hij wil zeggen: jij liever dan ik.

En het werk? Gaat dat wel, zijn de heren directeuren tevreden?

Geen idee. Wanneer heb ik ze voor het laatst gezien? Alex in elk geval niet meer na die lunchafspraak en dat spijt mij niet.

Wanneer ik antwoord dat alles goed loopt, dat er geen problemen zijn, zie ik teleurstelling over Teuns gezicht trekken. Hij is zo voorspelbaar. Teun is iemand die ervan geniet als ik een fout maak, als ik hulp aan hem moet vragen, kortom, als hij zich mijn meerdere kan voelen.

We moeten eens samen lunchen, stelt hij voor. Ergens buiten de deur, hierbinnen is geen lol aan.

Goed idee. Beter ook om even uit te waaien en niet, zoals nu, mijn boterhammen snel naar binnen te proppen achter de computer. Ik ben gewend om door te werken in deze baan. Vanaf de eerste dag. Een ongezonde gewoonte.

Vroeger, bij de woningbouwvereniging, gingen we minstens een keer in de week met z'n allen Turkse pizza eten en elke donderdag was het borrelen in het café tegenover, de Roozeboom, bij ome Eddy, het enige café in Amsterdam waar men mij bij naam kende. Ik was er trots op, het gaf zo'n *Cheers*-gevoel, een eigen stamcafé. Nooit meer teruggeweest nadat ik van baan ben veranderd. Tja, qua gezelligheid ben ik er niet op vooruitgegaan. Maar dat vertel ik nooit, aan niemand. Stel je voor, en dan zeker te horen krijgen: zie je wel, ik heb je gewaarschuwd.

Teuns uitnodiging doet me goed. Meer dan ik had kunnen bedenken. En het is niet alleen de afspraak maar ook de manier waarop hij naar mij kijkt. Hij geeft me het gevoel aantrekkelijk te zijn. Zou er ooit, ooit een dag komen dat ik niet langer hunker, snak naar bewondering van het mannelijk oog? Van elk mannelijk oog. Zelfs van Teun. Ook nu, op deze leeftijd, de menopauze bijna achter de rug, ben ik opgewonden als een schoolmeisje bij het vooruitzicht samen met hem te gaan lunchen.

De geschiedenis herhaalt zich. Niet exact misschien maar wel in essentie.

Oma en de tuinman. Een herinnering waar broer en ik nog altijd om lachen. Nu begrijp ik haar eindelijk. Helemaal. Oma: de freule bij uitstek, nooit een kreukel of naad uit de plooi. Oma: standgericht, een vrouw die hechtte aan omgang met de juiste mensen, goede milieus, veranderde in een jong veulen op het moment dat haar tuinman verscheen. En die tuinman was – in mijn ogen tenminste – een slome vent, krom, niet veel bijzonders, maar ja, wél een man en zij een vrouw, weduwe bovendien. Plotseling hoorde je haar schateren. Elk woord van de tuinman lokte een lach uit. Wat is 'ie toch grappig, zei ze tegen broer en mij, wanneer hij vertrokken was. We knikten met plaatsvervangende schaamte en beaamden dat het inderdaad een leuke kerel was.

Lunchroom De Tomaat is twee straten verwijderd van onze werkplek. Samen lopen we erheen. Dat hij de lunch betaalt, zegt hij als De Tomaat in zicht komt. Geen probleem, denk ik, betaal jij maar, waarom ook niet?

We nemen plaats aan een kleine tafel in de hoek. Hij tegenover mij. We bekijken de kaart. Of ik het al weet. Ik knik van ja. Hij nog niet, zegt hij en gaat verder met zoeken. In de stilte tussen ons hoor ik de mensen om mij heen, gekras van bestek op borden. Het is vol in De Tomaat, overvol zelfs.

Hij wil een quiche, ik een groentesoep. Het duurt even voor de ober komt.

Hij zegt dat hij blij is met mij als nieuwe collega, dat hij mij een charmante vrouw vindt. Een van de meest charmante vrouwen van het bedrijf.

Een compliment van niets. Er werken amper vrouwen.

De ober neemt onze bestelling op.

De ogen van collega Teun vernauwen zich of hij moeite moet doen om ze open te houden, dan fixeert zijn blik zich op mijn borsten.

Ben ik paranoïde? Denk ik dat alle mannen naar mijn borsten gluren? Nee, echt niet. Er zijn mannen zat die mijn boezem geen blik waardig keuren. Draag ik misschien een uitdagend decolleté? Lok ik het zelf uit? Niet, niet, nooit.

Eerst gluurt hij zo'n beetje tussen zijn wimpers door, later kijkt hij er regelrecht naar. Leer mij de vrouw kennen die op zo'n moment zegt dat het afgelopen moet zijn met dat staren, dat zij toch ook niet haar ogen richt op zijn geslachtsdeel of zijn borstharen. Die vrouw verdient wat mij betreft een medaille voor haar moed, een standbeeld. Ik praat door of ik niks merk. Plotseling, of hij in de gaten krijgt wat hij aan het doen is, maakt hij zijn blik los en kijkt om zich heen. Waar blijft de ober?

Snel maak ik van de gelegenheid gebruik om mijn truitje naar boven te trekken, bijna tegen mijn kin zodat er niet langer iets is te zien, geen enkele welving, hoe klein ook. Zo, borstloos, zit ik daar, de hele lunch lang. Ook nadat de ober onze bestelling heeft gebracht, zal ik aan die trui blijven trekken, hoog, hoger.

Collega Teun converseert, het valt me moeilijk hem te volgen. Zijn stem is te monotoon om mijn aandacht vast te houden. Gapen moet ik en dat verberg ik achter mijn servet. Hij praat, praat, vertelt dat hij in het weekend niets liever doet dan rijden op zijn Harley Davidson. Hij voelt zich dan een jonge god, hoewel…

Hoewel wat?

De snelweg durft hij niet op, al jaren niet, die tijd heeft hij achter zich gelaten. Ik ben dan ook al vijfenveertig, biecht hij op.

Vijfenveertig, wat is dat nou? Dat hij zich niet moet aanstellen, ik ben vijftig en doe daar toch ook niet moeilijk over.

Ongeloof in zijn ogen, gespeeld of niet, ik laat het in het midden.

Echt? zijn stem galmt door de lunchroom. Dat had hij nooit gedacht, vijftig jaar, het is niet waar. Op zich vleiend, maar tegelijk ook niet. Wat stelt hij zich voor bij iemand van vijftig, een oud lijk?

Hij blijft me aankijken, dan zegt hij dat hij het dapper vindt, moedig dat iemand op zo'n leeftijd een carrièreswitch maakt.

Nou ben ik het die hem aanstaart. Meent hij dat? Waarom zou iemand van vijftig zoiets niet doen? Moet je vanaf die leeftijd alle ambitie in de kast stoppen?

Hij propt het laatste stuk quiche naar binnen, te snel, een

hoestbui volgt. Buiten adem piept hij dat natuurlijk niet op die manier te bedoelen. In de stilte die volgt vraag ik me af waarom ik hier zit, wat hij van me wil. Het is geen onaantrekkelijke man, collega Teun. Veel vrouwen zullen hem knap noemen. Hij is groot, breed, heeft een jongensachtig voorkomen en de lippen van een kind. Toch doet hij mij niets. Hij is te aangepast, functioneert te goed binnen het systeem. Om aantrekkelijk te zijn moet een man iets ongeregelds hebben, een stuk persoonlijkheid dat altijd zal weigeren te gehoorzamen.

Plotseling buigt hij zich voorover, dichter naar mij toe; zijn hondenblik haakt zich vast in mijn ogen. Hij wil me iets vragen, zegt hij haast verontschuldigend, een blos op zijn wangen.

Daar komt het, denk ik, eindelijk. Vooruit, leg het maar op tafel.

Het is… hij wil mij vragen, en als ik het niet wil, moet ik het eerlijk zeggen…

Ja, knik ik ongeduldig, waarover gaat het in godsnaam?

Het gaat hierover, hij zou graag met mij ruilen. Van kamer. Want, zie je, mijn kamer is net iets groter dan de zijne en dichter bij Antoin.

Dicht bij Antoin, wat is daar het voordeel van?

Gemakkelijker overleggen. Hij moet Antoin frequent raadplegen, zeker bij het project waaraan hij nu werkt, dus vanuit die achtergrond en ook omdat hij zoveel spullen heeft, boeken, ordners die hij niet kwijt kan, niet in zijn kamer tenminste, wil hij graag, heel graag ruilen.

Wat ik ervan vind? Lijkt het me wat?

Geen flauw idee. Nooit over nagedacht, zijn kamer, mijn kamer… Op de een of andere manier vertrouw ik het niet. Dit hele gedoe, lunchen, en dan blijkt het om zoiets te gaan? Dit had hij me toch ook op het werk kunnen vragen, bij de koffie in de pantry?

Het lijkt wel of hij geen tijd te verliezen heeft. Doe ik het, ja? Die haast van hem, waarom? Misschien ben ik te wantrouwig maar met reden, zeker wat Teun betreft. Met een van mijn liefste glimlachjes kijk ik hem diep in zijn ogen en zeg dat ik erover wil nadenken, dat ik nogal gehecht ben aan mijn kamer en daarover niet een, twee, drie kan beslissen.

We moeten maar eens gaan, zegt hij en staat op om af te rekenen. Onze lunchtijd zit erop.

Het is gaan regenen en we hebben geen paraplu's. We lopen snel, maar worden toch nat. Drijfnat. Met verregende haren lijkt Teun op een kleuter die net zijn eerste zwemles heeft gehad. Druppels langs zijn slapen, boven zijn lippen. Hij stapt in een plas, we lachen als het water omhoog spat, tot aan zijn knieën.

Hoewel ik het eigenlijk niet eens erg vind om van kamer te ruilen, weiger ik. Iets in mij zegt dat ik het niet moet doen. Noem het een voorgevoel.

− 12 −

Een weekendje Lochem. Mijn echtgenoot heeft geboekt. Vindt mij overwerkt, op weg naar een burn-out, en daarin zou hij heel goed gelijk kunnen hebben.

Een heel weekend samen weg?

Ja, waarom niet? De kinderen kunnen best twee dagen voor zichzelf zorgen en voor moeder zijn we elk moment te bereiken. Je neemt vrijdag vrij, dan rijden we er in de middag heen en we komen zondag terug.

Heerlijk, heerlijk, als hij alles regelt en beslist, als hij zegt wat ik moet doen, voor mij denkt. Tenminste in dit soort dingen dan.

Romantisch, oordeelt Trix. Ze vindt ons echt toe aan een weekend met zijn tweeën. Maar, voegt ze eraan toe, klaagde ik niet over rood staan nog niet zo lang geleden, is deze uitgave wel verstandig?

Een klap in mijn gezicht. De impertinentie... Dan besef ik dat ze jaloers is. Want ja, ondanks al die bravoure is ze gescheiden, alleen, verlaten voor een jongere vrouw.

Jaloers. Trix jaloers op mij. De omgekeerde wereld. Ik voel me groeien, boven mijn alledaagse zelf uitstijgen. Onaardig natuurlijk. Een weeffout in mijn karakter. De zoveelste. Nee, je wordt niet nobeler van aard met het klimmen der jaren, valser zelfs, maar je leert het beter te verbergen.

Koop een nieuwe pyjama, een sexy setje eronder, scheer je benen en de rest ook, adviseert Trix, die zich ondanks de jaloezie meer op dit weekend lijkt te verheugen dan ikzelf.

Alles scheren, je bedoelt... *alles*?

Ja, kom op, doe niet zo hopeloos ouderwets. In de sauna laatst was jij de enige met een bos haar daar beneden, geen gezicht.

Tien minuten later, opnieuw Trix. Voor ze het vergeet, een tip, gekregen van een Surinaamse vriendin. Een vaginaal stoombad nemen. *Wasi ondrosei* heet het.

Of zij dat zelf ook doet, vraag ik.

Nog niet, maar ze is het vast van plan. Je wordt weer helemaal schoon en strak tussen je benen. Zal ze die vriendin vragen om de kruiden voor zo'n bad te kopen?

Na jaren van blaasontstekingen weet ik één ding zeker: aan mijn onderlichaam geen fratsen. Ik bedank en wens haar veel succes met haar eigen vagina.

Gedoe allemaal. Niets voor mij. Hoewel... Dat 'hopeloos ouderwets' blijft in mijn hoofd zitten. Het steekt. Was ik in de sauna echt de enige? De enige?

Vooruit, scheren...

Mijn benen en oksels zijn gauw klaar, geen probleem, maar verder... Spiegel naar links, naar rechts, buigen en draaien, zodat je ook daarbij kan... en daar. Zachtjes, zachtjes. Hoe lager ik ga, hoe zenuwachtiger ik word. Voor het eerst zie ik mijzelf daar in een spiegel.

Natuurlijk weet ik dat dit schandelijk is, dat ik al vanaf mijn puberteit vol belangstelling urenlang mijn intieme delen had moeten bestuderen, maar wie doet dat? En wanneer, waar? Doe je dat alleen, met vriendinnen, je moeder? Bij dat laatste gruwel ik. Niet dus.

Vijftig en eindelijk oog in oog, al is het dan om haar kaal te scheren. Esthetisch gezien, zuiver qua aantrekkelijkheid, vind ik het niets. Echt niets. Hoewel ik het nooit hardop zal zeggen, niet durf te zeggen, vind ik het afstotelijk. Al die lippen en dat vel, gekreukeld, aders, haren...

Het zal de penisnijd zijn, Freud wist het allemaal al, maar als ik eerlijk ben, zou ik mijn vagina zo inruilen voor een penis, vind dat gewoon mooier, een geheel, niet al die vakjes en hokjes zoals bij vrouwen.

Voorzichtig ga ik verder. Hoe kan een man hier in godsnaam opgewonden van raken en likken, likken? Dan, hoe het gebeurt weet ik niet, gaat het mis. Pijn. Het bloedt. Veel. Net zoals een snee in een vingertop of een tand door de lip.

Stiekem, zonder geluid te maken – de kinderen mogen hier niets van afweten – dep ik met watten. Tanden op elkaar. De pijn steekt. Eindelijk uitgebloed, pak ik de ladyshave nogmaals op. Doorgaan. Met mijn hand al in de aanslag, verstar ik. Hoezo doorgaan? Waarom zou ik mezelf verder martelen? Die haren zitten er niet voor niets. Liever behaard dan onder de schrammen. Het maakt een kletterend geluid als de ladyshave neerkomt ergens in een hoek.

Waarom Lochem? Waarom geen Barcelona of Praag? Geen idee, en dat wil ik zo houden. Het is namelijk de eerste keer in de dertig jaar dat we samen zijn, dat mijn echtgenoot zelfstandig een uitje heeft gepland. Of het alleen bij ons zo gaat, of ook bij anderen – zo'n vanzelfsprekende man/vrouw-taakverdeling – weet ik niet, maar in elk geval ben ik altijd degene die uitjes en vakanties boekt. Uren achter dat internet, en als ik dan iets heb gevonden, een pareltje, is hij te beroerd om van de bank af te komen om er een blik op te werpen.

Juist daarom wil ik deze herinnering puur houden, onbezoedeld. Mijn echtgenoot neemt mij mee uit, regelt alles, verzorgt mij. Dus zelfs al zou het zo zijn dat een collega hem deze trip heeft doorverkocht wegens omstandigheden, vertel het niet. Nooit.

In mijn gedachten is het zo gegaan: deze man, mijn echtgenoot, is naar een reisbureau gegaan, als een ridder vechtend voor zijn jonkvrouw, en heeft samen met de reisagent urenlang folders bekeken, want hij wilde alleen het beste voor zijn vrouw. En eindelijk, eindelijk kwam hij uit bij… Lochem.

Zo is het gegaan. Zo en niet anders.

Trouwens, Lochem is geen onaantrekkelijk stadje. Het heeft iets statigs, of er alleen notarissen en advocaten wonen. Ons hotel is gevestigd aan een laan waarin je onwillekeurig begint te rijmen: Liesje leerde Lotje lopen langs de lange Lindelaan…

De kamer is groot, vierkant, met een hemelbed waarin zeker drie mensen kunnen slapen. Daarnaast een ligbad, de ultieme vorm van genot omdat we dat thuis niet hebben. Het paradijs. Voor mij kan ons liefdesweekend niet meer stuk.

Voordat we de koffer hebben uitgepakt liggen we al in bad, eerst om de beurt en dan samen. Schuim, veel, tot aan het plafond. Als we eruit komen, zien we onszelf in de spiegel. Van top tot teen. Het is een spiegel waar je niet omheen kunt, hij beslaat de halve badkamermuur. We kijken, kijken. Hij: grijs, overal. De borstkas iets gekrompen, een buikje, zwembandje. En ik? Ach, ik... De natuur is wreed. Waarom blijven mannen er zoveel beter uitzien dan vrouwen? Het is een vraag die mij al jaren bezighoudt. Een levensvraag. Sinds kort ken ik het antwoord. Het komt uit een tijdschrift. Let op. Mannen houden hun *looks* omdat zij zich tot op hoge leeftijd kunnen voortplanten. Het is simpelweg functioneel dat zij aantrekkelijk blijven voor het andere geslacht. Mannen behouden hun leven lang een biologische meerwaarde.

Wij niet. Oudere vrouwen zijn vanuit biologisch perspectief uitgerangeerd. De natuur spant als het ware samen om ons er zo onaantrekkelijk mogelijk te laten uitzien. Die aftakeling, uiterlijke teloorgang, voltrekt zich met de snelheid van een wervelstorm. Na de menopauze, als de eitjes op zijn, moet alles wat ons begeerlijk kan maken, kapot. Voor de voortplanting zijn wij namelijk onbruikbaar geworden. Seks met een oudere vrouw is verspilling van sperma, van levenscellen.

Bij de chimpansees, las ik in datzelfde tijdschrift, is het juist andersom. Daar blijven vrouwen hun hele leven vruchtbaar. Vruchtbaar tot de dood. Oudere chimpanseevrouwtjes zijn enorm in trek bij de mannen, zelfs meer dan jonge vrouwtjes, omdat zij over veel levenservaring beschikken en de kans groter is dat hun nageslacht ook oud zal worden, net zoals zij. Dit alles gaat door mijn hoofd als ik in de spiegel kijk.

Avond, de zaterdagavond van ons weekend in Lochem. Een viergangendiner. Wij zijn er klaar voor. Mijn echtgenoot in een spijkerbroek met colbert. Het staat goed, zoals alles hem altijd goed staat. Op tafel: kaarsen. Daarnaast brood en kruidenboter. We drinken rode wijn. Ik heb me met zorg opgemaakt en dan zie ik er, vooral in kaarslicht, best aardig uit.

Of ik er leuk uitzie, vraag ik.

Hij knikt.

Dan vraag ik of hij mij zou versieren, als hij me niet kende en tegenkwam ergens in een bar.

Opnieuw een hoofdknik.

Wat een stomme vragen, denk ik, en het is niet de eerste keer dat ik ze stel. Alsof hij mijn angst voor het ouder worden moet bezweren. Dit is de laatste keer geweest, weg met dat meisjesachtige gezemel, een vrouw met ballen is niet bang voor de ouderdom.

We hebben het brood in twee tellen op en ook het voorgerecht verdwijnt in een ommezien. Dat komt, we hebben iets in te halen. Gisteravond is het hele diner aan ons voorbijgegaan. Loom van het badderen zijn we in slaap gevallen en om drie uur in de nacht wakker geschrokken met magen knorrend als varkens. Zonde, want we hebben er wel voor betaald. En dat steekt. We zijn per slot Nederlanders.

Dus zaten we vanavond al een uur voor aanvang van het diner klaar. Dit wordt onze avond, onze *love night*. We glimlachen naar elkaar en naar de ober die het hoofdgerecht brengt:

fazant met kastanjes en aardappelpuree. Ergens tussen het hoofdgerecht en het toetje gaat een volgende fles wijn open.

Prima wijn, deze Barbera uit Piemonte, zegt de echtgenoot met een 'kennersblik' die mij aan het lachen maakt. Bluf. Van wijnen weet hij niet veel. Ik ook niet trouwens. Maar deze avond doen we alles in stijl, houden we de schijn op.

Bij het dessert bestellen we een dessertwijn met een mierzoete afdronk.

Dat hoort zo, legt de ober uit na een blik op onze gezichten.

Natuurlijk, knikken wij, vertel ons wat, als er iemand verstand heeft van dessertwijnen…

Tot slot: een Sambucca, een tweede en een derde.

Daarna de trap op naar boven, naar de kamer met dat bed waarin je verdrinkt en waaruit je nooit meer wilt opstaan. Dat bed waar het nu gaat gebeuren, eindelijk ongestoord, zo hard en kinky als we maar willen, net als vroeger in onze jonge jaren.

Binnen laat hij zich onmiddellijk achterovervallen op bed. Gesnurk. Zijn kleren nog aan. Een laag ijs over mijn lichaam. Of ik vanuit de tropen een iglo binnenwandel. In een moederlijk automatisme trek ik zijn schoenen uit, sokken, overhemd, spijkerbroek. Naakt op zijn onderbroek na, een blauwe, hoog opgetrokken tot aan de navel, ligt hij daar. De benen uit elkaar of het hele bed van hem is. Is dit het? Is dit echt het einde van ons love-weekendje? Nee, niet. Eerst voel ik door zijn onderbroek heen, aai zachtjes, kneed of ik klei in mijn handen heb. Of kauwgum. Dan doe ik zijn broek naar beneden, over de enkels heen, uit. Vastgeplakt tegen de binnenkant van zijn dij ligt hij, zacht als de vacht van een kitten, erachter die ballen, decor, raamwerk. Voordat ik mijn lippen eromheen zet, leg ik mijn hoofd op zijn buik zodat ik me kan ontspannen. Als vanzelf beland ik bij hem, zuig ik me vast en vaster. In mijn mond groeit hij totdat hij mij opvult, mijn keel wil binnendringen. Mijn ogen gaan naar boven, zijn mond glimlacht, hij is wakker geworden. Een glans in zijn ogen, vuur van de geile man.

– 13 –

Twee mailtjes van Alex, met rood uitroepteken. *High priority.* Allebei met dezelfde tekst. Waarom twee? Ik zal deze man nooit begrijpen. In elk geval gaat het hierom: hij is uitgenodigd als gastspreker voor een belangrijk *marketing seminar* in Delft op 14 mei. Ik moet dat direct op de website aankondigen, met zijn foto erbij, en ervoor zorgen dat er pers aanwezig is tijdens zijn optreden.

Moet, moet, moet.

Hoezo moet ik dat? Sinds wanneer ben ik aangesteld als de persoonlijke assistente van koning Alex? Ik antwoord: website komt in orde, pers aan iemand anders vragen. Wijsvinger op send.

Antoin staat bij de koffieautomaat. Ik kan hem zien, mijn kamer kijkt uit op dat ding, de afwasmachines en het keukenblok. Daarom ook hoor ik precies wat daar wordt gezegd, herken ik alle stemmen: de aardappels in de keel, de sisser, de zachte 'g' en de hakkelaar.

Eigenlijk had ik gehoopt spannende verhalen te kunnen

afluisteren over vrouwen. Dat leek voor de hand te liggen in zo'n mannenbedrijf. Praten mannen niet altijd over vrouwen, seks? Buitenkansje om daarvan getuige te zijn, dacht ik, hoe mannen over vrouwen praten als ze zich onbespied wanen.

Helaas, de praktijk valt tegen. Niks vrouwen. Mannen zijn veel minder met ons bezig dan wij met hen. Gesprekken tussen vrouwen, en ik schaam me daarvoor ook al doe ik graag mee, gaan negen van de tien keer over mannen. Wereldproblemen, politiek, sociale ongelijkheid, het boeit ons niet. Wij spelen allemaal als prinsesjes de hoofdrol in onze eigen *Sex and the City*.

Mannen daarentegen praten over sport, auto's, hobby's en, had ik nooit verwacht, over kwaaltjes. Zo te horen mankeren ze allemaal wat en ze kunnen er uren over doorgaan. Een enkele keer maakt er één een flauw grapje over vrouwen, zo'n vrouwonvriendelijke opmerking waarvan de haren in je nek overeind gaan staan, maar opwindender dan dat wordt het niet.

Kortom, mannen onder elkaar zijn saai. Oersaai.

Antoin wil net wegschieten zijn kamer in – hij dwaalt altijd rond of hij niet de directeur is maar een insluiper – als ik naar hem toe loop en vertel over de mail van Alex. Of hij dat ook niet belachelijk vindt?

In plaats van de steun te bieden die ik verwacht, antwoordt hij dat ik gewoon moet doen wat Alex wil. Daarna kijkt hij over mij heen, teken dat hij van mij af wil, dat hij geen zin heeft in dit gedoe.

Mailtje terug van Alex, weer met rode vlag. Regel de pers. Zorg dat de vakbladen er zijn. In elk geval *Adformatie* en *Marketing Tribune*. Een dagbladjournalist zou ook mooi zijn. *Exposure*, daar gaat het om, *exposure* en *free publicity*.

En hij wil nog meer. Voor zijn seminarpraatje moet ik de nieuwste *marketing insights* op een rijtje zetten, en dan vooral de laatste trends uit Amerika. Vanaf die opdracht zit ik voortdurend in Apeldoorn, want Alex heeft mij nodig, de ene keer om zijn praatje te redigeren, dan weer om het internet af te speuren. Kortom, ik ben zijn persoonlijke assistente geworden. Zie het als een zoenoffer, raadde mijn echtgenoot aan. Geef hem nu wat hij nodig heeft, het is tenslotte tijdelijk, en ga daarna voor jouw punt. Strategisch denken heet dat, en daarin is hij een meester. Althans, dat vindt hij zelf en ik besluit hem daarin te volgen. Voor deze keer dan.

Waarom kan je eigen secretaresse je niet ondersteunen, vraag ik Alex, want ik geef me natuurlijk niet over zonder de nodige speldenprikjes.

Haar Nederlands is te slecht, ze is Roemeense, dat weet je toch?

Ik knik alsof ik de logica ervan inzie, terwijl ik me afvraag waarom iemand in godsnaam een secretaresse aanstelt die het Nederlands slecht beheerst.

Als ik eindelijk, eindelijk weer eens aan mijn bureau zit, mijn eigen bureau in Hilversum, wil Antoin mij spreken, of ik even tijd heb?

Hij kijkt niet op wanneer ik binnenkom. Ik ga zitten.

Dat het een tijd geleden is dat ik hier op kantoor was.

Zeker, dat beaam ik. Ik vertel over Alex, het seminar. Hij weet ervan.

Alsof hij mijn woorden niet heeft gehoord zegt hij zonder een spier te vertrekken dat het niet de bedoeling is dat ik zo vaak in Apeldoorn zit en als het ware voor Alex werk in plaats van het project uit te voeren waarvoor ik ben aangenomen.

Pang, er knapt iets, in mijn lichaam, mijn hersenen. Een vreemde rust komt over mij. Net of er vanuit de hemel een gifpijl in mijn nek is geschoten met een verlammende uitwerking. Duizenden tegenwerpingen komen in mijn hoofd op, vloeken ook, en verwensingen. De onrechtvaardigheid, zijn huichelachtigheid, het is allemaal zo overweldigend dat ik zonder iets te zeggen opsta en de kamer verlaat.

Het seminar nadert. Een kleine week nog.

Of de vakpers komt? Alex hijgerig aan de telefoon.

We zullen zien. Niets is zeker. Zo gaat dat met de pers.

De dag van het seminar is stralend. Een dag om naar het park te gaan of naar het strand. Een dag om een terrasje te pakken, geen dag om door te brengen bij een seminar.

Gister heb ik nog gebeld met de vakbladen, een paar keer. Komen jullie? Alsjeblieft, jullie *moeten* komen, gaat het smekend door mijn hoofd. Ze sturen iemand, dat verzekeren ze.

Om acht uur sta ik op station Delft. Ik loop door de oude stad naar het conferentieoord. Heerlijk, wandelen door een stad als Delft, vooral met die zon op mijn schouders, terrasjes die lonken, toeristen die zich een weg zoeken naar een plek om te ontbijten. In hun ogen zie ik het vakantiegevoel waar ik op dit moment een moord voor zou doen. Dan doemt voor mij een kil statig gebouw op. Draaideuren, een portier die niet groet. Binnen: koffie. Met melk.

Om mij heen: onbekenden. Marketeers, snelle jongens, meisjes.

Alex komt binnen, handen in zijn zakken. Met een ruk wend ik mijn blik af. Het gaat instinctief, zonder nadenken. Ik wil hem niet zien. Een restje authenticiteit heeft zich mijn bewustzijn in geknokt. Het moment is heel ongelegen. Wat moet ik doen? Blijf ik trouw aan mezelf, loop ik weg? De deur uit, mijn vrijheid tegemoet? Nee. Niet. Het komt niet eens in mijn hoofd op als serieuze optie. Ik verloochen mezelf en stap op Alex af, dichterbij zal ik zelfs een glimlachje forceren want hij betaalt me en als ik iets wil, met heel mijn hart, is het wel een succes maken van deze baan.

Glimlachen hoeft niet, daar kom ik niet eens aan toe. Kopiëren moet ik, honderdvijftig keer.

Trix komt direct met kritiek als ik haar dit verhaal vertel. Ik had, stelt zij, moeten zeggen: doe jij dat zelf maar. Stel je voor, snuift ze. Klein voel ik me onder haar woorden. Verschrompel onder haar blik en haar snuiven, als een rendier in nood.

Dan – en zij gaat er speciaal voor zitten, maakt zich langer en breder – vertelt zij hoe zij zulke dingen aanpakt. Superwoman komt uit de kast.

In een van haar adempauzes kan ik niet nalaten op te merken dat ze niet zo zelfbewust was ten tijde van haar scheiding. Dat doet pijn. Ik weet dat ik haar kwets, ik kwets haar met opzet.

Kopiëren. Waar vind je een kopieerapparaat in een conferentiecentrum in Delft – en eentje dat het doet? Als ik eindelijk de zaal in stap, is de eerste spreker allang aan het woord. Onder mijn arm de kopieën.

De zaal is voor de helft leeg. Alex zit op de voorste rij, tussen de andere sprekers in. Zo onopvallend mogelijk loop ik naar voren. Ik wil geen geluid maken, en dat is moeilijk. Hoofden draaien zich om, naar mij toe. Wat doe ik daar, waarom loop ik naar voren en ga ik niet gewoon zitten op een van de lege stoelen?

De spreker raakt uit zijn concentratie, stopt even, neemt een slok water. Het getik van mijn hakken op het marmer van de vloer klinkt oorverdovend. Alex krijgt me in de gaten, net zoals alle andere aanwezigen. In zijn ogen ligt afkeer. Hij wil alles liever dan met mij worden geassocieerd. Maar wat kan ik anders doen dan naar hem toe lopen? Alle ogen zijn gericht op mij. Zijn hoofd is opgezwollen tot tweemaal de normale omvang. Spontaan schiet het mij te binnen. Sprekend die gelijkenis. Dat ik dit niet eerder heb gezien. Verbluffend. Hier zit niet Alex uit Apeldoorn maar Repelsteeltje, de dwerg uit het sprookje van de broeders Grimm.

Of het dit inzicht is, of iets anders, weet ik niet. Sommige dingen gebeuren nou eenmaal zonder aanleiding. Als ik voor hem sta, laat ik de kopieën vallen. Ze dwarrelen alle kanten op. Doe ik dit expres? Misschien, maar op een onbewust niveau dan. In elk geval kan ik niet anders dan lachen en de rest van de zaal doet met mij mee.

Alleen hij niet, Alex implodeert. Net als de dwerg in het sprookje, als Repelsteeltje. Of hij voor mijn ogen verschrompelt, krimpt tot een hoopje achtergelaten kleren bij een zwembad.

Een week later: de pers, de *exposure, free publicity*. Een hele pagina is aan het seminar gewijd, een hele pagina in *Adformatie*. Ik lees het wel tienmaal achter elkaar. Na elke keer denk ik: Lees ik het wel goed? Kom, nog eens…

Maar er is geen twijfel mogelijk. Het seminar wordt afgekraakt tot op het bot en de ergste kritiek geldt Alex en zijn (citaat) 'nietszeggende praatje'.

Ik had hiervan kunnen genieten, volop zelfs, de hele dag de zoete smaak van leedvermaak in mijn mond kunnen proeven. Ware het niet dat ik degene ben die dit 'praatje' voorbereidde. In grote lijnen weliswaar, maar toch…

– 14 –

Moeder heeft een muis. Het diertje is dag en nacht zichtbaar aanwezig en gedraagt zich of hij de baas is. Sterker nog, hij ís de baas. Zij durft zich amper te bewegen in haar eigen huis. Onhoudbare situatie.

In het weekend komen de echtgenoot en ik kijken. We duwen boekenkasten opzij, schuiven een tafel op en vinden muizenkeutels, overal. Onder de gootsteen ziet het zwart van de keutels. Dit kan nooit van één muis zijn. Hoelang heeft ze hier al last van?

Als een klein kind dat is betrapt op het stelen van een koekje bekent ze dat ze al tijden muizen heeft, maar dat het nu heel erg is. Dat ze het eerst wel leuk vond zo'n huismuis, ze had er wat gezelschap aan. Totdat…

Totdat wat?

Ze kan er niet van slapen, zoveel lawaai maken ze. En nee, ze weet niet hoeveel het er zijn. In haar slaapkamer staat een stofzuiger paraat, niet om schoon te maken, maar om de muizen weg te jagen. In de nacht komen ze tevoorschijn. Als ze dichtbij komen, te dicht bij haar bed, zet ze de stofzuiger aan en weg zijn ze. Ze kijkt naar me of ze wil zeggen: Heb ik dat even goed opgelost?

Moeder heeft een muizenplaag. Moeder leeft al ik weet niet hoelang tussen ongedierte en ik heb niets in de gaten gehad, ondanks dat ik af en toe een lapje over het fornuis haal, door de wc en door de douche. Moeders huishouden zal in de toekomst steviger moeten worden aangepakt. Wil ze echt geen werkster?

Ze schudt dat hoofd vol witheid, geen vreemden in haar huis.

En de gemeente bellen om het huis muisvrij te maken?

Ze zegt dat ze bang is voor het gif dat ze gebruiken.

Vallen dan maar?

Ja, gewoon muizenvallen, dat is het beste, zo deed papa dat ook altijd.

Alle muizenvallen in Baarn blijven leeg. Waar we ze ook neerzetten, wat we erin doen – van kaas tot spek – het maakt allemaal niets uit. Geen muis die zich laat vangen. Is dat voortschrijdend inzicht, vraag ik me af. Waarom liepen de muizen uit mijn jeugd met open ogen de val in en die van tegenwoordig niet?

Broer komt met iets nieuws: apparaatjes die geluid uitstoten. Het geluid is onhoorbaar voor mensen, maar muizen slaan ervoor op de vlucht, schijnt.

We plaatsen ze in het hele huis. Op alle drie de verdiepingen. Het huis is groot, veel te groot voor moeder, zeker nu ze moeite heeft met trappenlopen. Ze komt nooit op de bovenste verdiepingen. Ze slaapt beneden in de woonkamer.

Ze heeft dag en nacht pijn, vertelt ze, aarzelend, of ze zich ervoor schaamt. Het voelt als een steekvlam in haar buik. Tot nu toe kon ze die pijn draaglijk houden met pijnstillers.

Hoe lang heeft ze nog? De dokter zegt het niet te weten, het kan morgen afgelopen zijn of ze kan jaren mee. Haar hart is sterk, zegt hij, dat is positief.

− 15 −

Op de dansvloer, Trix en ik. Vrijdagavond in de Melkweg. Amsterdam. Een veertigplusdanceparty. Overal foute Sarahs. Zie ze dansen, zie ons dansen. Niets geraniums, haarstukjes of rollators. Spijkerbroeken, glitters, ogen die glanzen. Harry de Winter aan de draaitafel, muziek uit de jaren zestig. Onze muziek. Ook toen al opstandig, gericht tegen het establishment. *Street fighting rebels, born to be wild…*

Eerst denk ik dat het komt door de rook, de witte discowalm. Dat haar ogen daarom vochtig worden, doorschijnend bijna. Maar als ze ook blijven tranen als de rook is opgetrokken, begrijp ik dat er meer aan de hand is.

Trix huilt. Ze danst al huilend.

Even kijk ik ernaar zoals je naar een schilderij kijkt. Fascinerend om te zien, die mengeling van verdriet en vreugde, zo tegenstrijdig, onnatuurlijk, dat er een schoonheid van uitgaat waar ik mijn ogen niet van kan afhouden.

Kijk haar, Trix. Ze is lang, een van de langste vrouwen hier. Ze danst of ze vanaf haar geboorte niets anders heeft gedaan.

Haar heupen volgen het ritme van de bas, de drum. Af en toe klikt ze met haar vingers. Ze heeft een rok aan en laarzen. Haar borsten wiegen mee, de tepels stijf, ze draagt geen bh. Nooit.

Ze danst met haar ogen dicht, als in trance, danst terwijl er tranen over haar wangen rollen, zonder die weg te vegen. Ze druipen langs haar nek in haar blouse, waar een natte plek ontstaat. Even overweeg ik om te doen alsof ik niets in de gaten heb. Misschien zijn het tranen van vreugde, van plezier omdat ze eindelijk weer eens kan dansen, haar lichaam de vrijheid geven.

Ze doet haar ogen open. Door de doorgelopen mascara heen glimlacht ze als ze ziet dat ik naar haar kijk. Ze verontschuldigt zich, zegt dat ze zich even liet gaan. Nee, er is niets aan de hand, niets bijzonders.

Hoezo, niets bijzonders. Ik trek haar mee, de dansvloer af naar de zijkant.

Inderdaad, er is niet veel bijzonders gebeurd. Het bijzondere is dat dit de zoveelste keer is dát het gebeurt en dat ze het zat is. Volledig. Altijd maar wachten op geld van een ex die het heel goed kan missen, maar er behagen in schept om haar te laten bedelen, vragen, smeken. Weer heeft hij de alimentatie te laat overgemaakt zodat ze voor de boodschappen dit weekend opnieuw geld moet lenen bij haar moeder.

Geld lenen, zij? Maar ze heeft toch een goed salaris?

Ja, ja, dat is het niet, maar haar onkosten, het huis… Misschien komt het door het dansen, dat gevoel dat ze geen zin meer heeft in het leven dat ze leidt. Dansen brengt een gevoel van vrijheid naar boven, en dat maakt haar ervan bewust hoezeer ze die vrijheid mist, hoezeer ze gevangenzit in een eindeloze reeks van verplichtingen.

Weet je hoelang ik geen seks heb gehad? Haar ogen staren me aan. Indringend. Beschuldigend bijna, of ik verantwoordelijk ben voor het failliet van haar seksuele leven. Voordat ik iets kan zeggen, geeft ze zelf het antwoord. Een jaar. Nu ben ik degene die staart, naar haar, met ongeloof. In mijn beleving is zij een vrouw die een man oppikt wanneer ze daar zin in heeft. Een vrouw op wie ik jaloers ben omdat haar leven zoveel avontuurlijker is dan het mijne. Zij een ster en ik de grijze muis. En nu dit? Ik zoek naar een antwoord, een opmerking, en kan niets anders bedenken dan dat er in het leven wel belangrijkere zaken zijn dan seks.

Misser.

Dat kan ik makkelijk zeggen! Haar stem schiet uit. Ik heb een partner! Maar weet ik wel wat het betekent als je weken, maanden, een jaar niets doet? Het gaat niet alleen om de seks maar ook om je zelfbeeld, om het gevoel dat iemand je aantrekkelijk vindt. Ik moet maar eens goed om me heen kijken hier, allemaal vrouwen zoals zij, alleen en afgedankt, ingeruild voor een jonger exemplaar. Ze hunkeren naar de aandacht van die paar mannen hier. Zielig gewoon, pathetisch.

Tja, als je het zo bekijkt. Er is inderdaad een overvloed aan vrouwen. Maar of ze nou echt hunkeren? Ze hebben plezier, dansen, zien er leuk uit.

Trix maakt een afwerend gebaar en herhaalt dat ik makkelijk praten heb. Dan voegt ze daaraan toe dat ik sowieso alleen met mezelf bezig ben, met die nieuwe baan, en geen oog heb voor haar of wie dan ook.

Op de achtergrond klinkt 'Fire' van de Pointer Sisters, iedereen haast zich de dansvloer op, dit nummer willen ze niet missen. Op de vloer staan tientallen vrouwen, maar ook een enkele man. *I say I don't like you but you know I am a liar...* De lichamen kronkelen, genieten. En wij, wij staan aan de kant, verslagen. Althans, ik voel me verslagen door Trix en haar beschuldigingen.

Is het waar? Ben ik uitsluitend met mezelf bezig? Ik speur mijn herinnering af naar onze mails, telefoongesprekken. Ging het nooit over haar?

Ik voel haar hand op mijn arm: Dat het haar spijt, sorry, sorry.

Nee. Ze heeft gelijk, ik heb het veel over mezelf gehad, die baan... Wat weet ik eigenlijk over haar, over haar dagelijkse leven, het ploeteren met Hyun en ook nog een onwillige ex, haar zoeken naar een man, seks, wat weet ik ervan?

Ze wil naar huis, of ik nog wil blijven.

Ik schud van nee.

We halen onze jassen op en gaan naar buiten. Leidseplein. Het is een mooie avond, een avond om met je geliefde hand in hand langs de grachten te wandelen. Hier een wijntje pikken, daar op een bank zitten, over het water kijken tot aan de volgende gracht en die daarachter.

Een afzakkertje in haar keuken, stelt ze voor. Dochter is uit logeren, we hebben het rijk alleen. Eigenlijk heb ik niet veel zin, maar ga toch mee. Wil de avond niet in mineur beeindigen.

Hoe vaak zaten we hier al? Een fles wijn in het midden, de lampen boven het keukenblok iets gedimd – zij kan overal in huis lichten dimmen – onze zielen op tafel. Tenminste, dat dacht ik, dat we elkaar alles vertelden, maar nu twijfel ik; heb ik alleen mezelf gehoord?

Ze meende het niet van daarnet, dat ik alleen met mezelf bezig ben, zegt zij na een slok wijn te hebben genomen. Natuurlijk begrijpt ze dat ik in beslag word genomen door mijn werk. Daar is niets mis mee.

Dat ze het wel meende, antwoord ik en hoor mezelf praten, verwonder me over mijn moed. Wat is er in mij gevaren? Het kan niet anders of er is iets veranderd. Die wil om de sfeer goed te houden ten koste van alles, iedereen, mijzelf, is verdwenen. Daarvoor in de plaats, een stukje eerlijkheid.

Stilte. De koelkast zoemt, een hoog geluid.

Aarzeling in haar stem wanneer ze begint te praten, dat ze het af en toe moeilijk vindt wanneer ze mij hoort klagen over die nieuwe baan, altijd maar dat werk, terwijl... Ik heb zoveel: een man, twee leuke kinderen...

Stilte.

We drinken.

En ja, het is misschien gênant, maar zij heeft ook zo haar dingen. Ze mist een man, seks, intimiteit. Dat houdt haar bezig en daarom bezoekt ze *dating sites*, legt ze via internet contacten met mannen.

Nee, schud ik, niet jij, dat is toch niets voor jou.

Waarom niet? Wat is daar mis mee? Je mailt wat heen en weer, maakt een afspraak en leert op een makkelijke manier nieuwe mensen kennen.

Zweet op mijn voorhoofd, ik veeg het weg met de slip van mijn sjaal. Ik wil niets horen. Elk woord is een desillusie. Deze vrouw, deze prachtvrouw, die ik ken als trots, zelfverzekerd en succesvol, wil ik niet zien als behoeftig, snakkend naar aandacht.

Een nieuwe fles gaat open. Trix schenkt bij. Ik heb al te veel op, maar drink door. Dit is een avond die ik alleen dronken kan doorkomen, stomdronken zelfs, zodat ik de volgende ochtend alles ben vergeten of uit mijn bewustzijn heb verbannen.

Nu Trix eenmaal vertrouwelijk is geworden over haar datinggedrag weet ze van geen ophouden. Hoelang heeft ze dit allemaal voor zich gehouden? Verhalen over wachten op sms'jes die niet komen, nooit. En dan die eindeloze reeks namen... Wie is dit nu weer, die uit Lelystad? Nee, dat is Fred. Dit is Wim uit Utrecht.

Ergens tussen al die namen ben ik in slaap gevallen. De volgende ochtend word ik wakker op de bank in haar woonkamer.

Sluipend naar huis, naar binnen, zaterdagochtend en een hele nacht niet thuisgekomen, dat is sinds mijn tienerjaren niet gebeurd. In de keuken tref ik dochter en zoon. Ook net thuis. Na de eerste verbazing – waar kom jij in godsnaam vandaan, mam – willen ze me spreken. Nee, niet later, meteen. Gisteravond was het weer zover en nu is het genoeg. Ze weigeren nog langer magnetronmaaltijden te eten. Vastberaden, de armen over elkaar geslagen, staan ze voor me, versperren de weg.

Dat het een stel verwende kinderen is, gooi ik eruit en duw ze opzij. Mijn zelfbeheersing is op. Ik gooi de keukendeur dicht en ren de trap op, omhoog naar de slaapkamer.

De echtgenoot ligt in bed, in diepe slaap. Ik kruip tegen hem aan, voel zijn warmte en druk mijn lichaam tegen het zijne.

Vlak voor ik zelf in slaap val, bedenk ik dat de verjaardag van Trix heel dichtbij is. Dertig juni. En ik wil haar verrassen. Maar waarmee? Ik zal haar dochter mailen, vandaag nog. We moeten plannen gaan maken.

– 16 –

De opstand die begon bij mij, in mijn huis, heeft zich uitgebreid. Zo gaat dat met opstanden: ze grijpen om zich heen
als de tentakels van een inktvis. Ook op mijn werk is onvrede
geëxplodeerd, maar dit keer, godzijdank, sta ik aan de zijlijn.

De dames van de administratie, twee dames met opgestoken haar, pikken het niet langer. Waarom zijn het altijd
dezelfde mensen, zij dus, die de afwasmachines in- en uit-
ruimen? Dat moet veranderen. Een mail gaat rond met een
rooster. Alles keurig in een Excel-sheet. Ze hebben iedereen
ingedeeld. Naam, achternaam, dag en tijd.

Waar staat mijn naam, hoe vaak heb ik dienst? Alleen op
donderdagochtend. Voor mij is het hiermee klaar. Ik vind dat
ze gelijk hebben en ik geniet bij het vooruitzicht alle mannen
hun handen uit die modieuze mouwen te zien steken.

Collega Teun, het is te verwachten, vindt het ongepast. Stel je
voor, twee administratieve krachten die hem sommeren om
de afwasmachine uit te ruimen. Hij staat in mijn kamer, doet

de deur dicht – dat wijst op een vertrouwelijke mededeling – en gaat zitten op de stoel tegenover mij.

Weet ik het al? Natuurlijk niet. Ik weet niets, alleen wat er bij de pantry wordt verteld.

Hij moet zijn kamer uit. De afdeling Marketing gaat uitbreiden en voor de sterren van Marketing moet alles wijken.

Zijn kamer uit? Aha… Er begint mij iets te dagen.

Tja, wat daarop te zeggen? Ik schud een beetje met mijn hoofd. Vanbinnen sidder ik van leedvermaak, deze intrigant, zijn kamer uit, mijn dag kan niet meer stuk.

Mis. Het echte nieuws moet nog komen.

Zijn nieuwe plek is hier.

Ik begrijp hem niet, waar hier?

Hij wijst naar de hoek.

Daar? Dat hij het ook niet leuk vindt, haast hij zich te zeggen als hij mijn blik ziet.

Niet leuk vindt, wat een eufemisme… Een ramp vindt hij het. Zijn ogen hebben niet eerder zo dof gestaan. Hij moet dit hebben geweten, al langer. Daarom die lunch, dat ruilen. Als ik had toegehapt toen, had ingestemd met zijn plan, zat ik nu in die hoek achter de deur, als een koekoeksjong in het nest van een ander.

Voorgevoelens, niet te verloochenen, nooit.

Dat het sneu voor hem is, merk ik op en doe mijn best serieus te kijken, maar ja, het besluit is genomen, dus moeten we er het beste van maken met zijn tweetjes. Of hij vandaag al zal verhuizen?

Als hij knikt, valt er een lok haar over zijn gezicht.

Bijna krijg ik medelijden. Mocht hij hulp nodig hebben, ik

sta klaar. En ik zal natuurlijk het stapeltje boeken weghalen uit die hoek.

Die middag heeft Teun zijn intrek genomen. Elke keer als de deur opengaat, stoot die tegen zijn bureau. Wat, zit jij nu hier? Uitroepen met een ondertoon van spot.

We halen om de beurt koffie en thee. Daarnaast praten we weinig. Teun ademt zwaar. Zoals hij daar voorovergebogen zit in die hoek, heeft hij overal vetplooien, vooral in zijn nek.

Alex negeert me. Na het seminar laat hij niets meer van zich horen. Mijn mails blijven onbeantwoord. Als ik Antoin ernaar vraag, haalt hij zijn schouders op.

− 17 −

Hij is er, fluistert de dochter van Trix mij toe.

Wat, nu al?

Ja.

Peervormige ogen die in een elegante lijn omhooglopen. Men zegt dat Koreaanse vrouwen de mooiste op aarde zijn. Als je naar Hyun kijkt, kun je dat alleen maar bevestigen. Een Aziatische schoonheid, fijntjes, met vingers als van een danseres en haar dat fier en dik naar beneden hangt, zwart als pas gestort asfalt.

Haar karakter daarentegen is minder Aziatisch. Tenminste, volgens de voorstelling die ik daarvan heb. Bescheidenheid kent ze niet, noch respect voor ouderen of geduld. Vanaf haar komst naar Nederland, anderhalf jaar oud, was het storm en bliksem. Toen ze op Schiphol aan Trix werd overhandigd, krijste ze haar meteen al naar een zenuwinzinking toe, en dat bleef zo tot ze een jaar of vier was. In mijn hart denk ik dat het huwelijk van Trix en haar ex-man zwaar geleden heeft onder dit prinsesje uit het Verre Oosten.

Ging het op de basisschool redelijk – dyslectisch en nog meer -lectisch, maar goed dat is normaal tegenwoordig – op de middelbare werd het een ramp. Begonnen op het vwo, naar beneden gegleden en eerlijk gezegd weet ik niet eens wat ze nu doet. Kon al die wisselingen niet meer bijhouden. In elk geval is ze na een kort verblijf in de Jellinek-kliniek drugs- en alcoholvrij.

Zoals ze nu voor mij staat, met die ogen vol lichtjes, haar blik die ondoordringbaar blijft voor mij, Trix en alle hulpverleners op een rijtje, kun je niet anders dan genieten van haar, van al die schoonheid. En, eerlijk is eerlijk, bij het organiseren van dit feest voor haar moeder heeft ze mij onvermoeibaar geholpen.

Nooit te laat, eerder te vroeg, elk uur van de dag of nacht, kon ik haar bellen, met vragen, wil je dit regelen, dat. Eigenlijk hebben we de klus met z'n tweeën geklaard. Eromheen een kring aan vriendinnen, maar die liepen meer in de weg dan dat ze iets bijdroegen. Nee, deze avond, de bijna-vijftigste verjaardag van Trix – om twaalf uur is ze pas écht jarig – is een coproductie van Hyun en mij.

Vandaag versierden we samen het huis, de tuin, maakten alles klaar terwijl anderen Trix weghielden, want zij mocht niets weten. Totdat het grote moment aanbrak. Trix stapte binnen. *Surprise!* Het blijft mooi, zo'n gezicht vol verbazing, schrik ook.

Wat is dit? Mijn verjaardag zouden we toch pas later vieren, niet vandaag?

Een *ladies only*-feest, want zo wilde zij het en daaraan hebben we ons gehouden. Sinds Trix haar man kwijt is, zweert ze bij *ladies only*-uitstapjes, -feestjes en -borrels.

Dit feest heeft de zegen van het universum, want alles zit mee. Het weer heeft zich net hersteld van de schaapscheerderskou en met bijna dertig graden is het voor eind juni bovengemiddeld aangenaam. Geen wind, de lampions en kaarsen kunnen aan. Vriendinnen die verloren werden gewaand, bleken o zo makkelijk terug te vinden en Trix' favoriete witte wijn is in de aanbieding. Wat wil je nog meer?

Tot nu. Hij is er al, veel te vroeg.

Hij zou toch pas om twaalf uur komen, fluister ik terug naar Hyun.

Ja, knikt ze, maar hij is er al.

Waar dan?

Hij ziet er raar uit.

Raar, hoezo raar?

Klein, kaal ook. Ze haalt haar neusje op alsof ze iets vies ruikt.

Waar is ie nu?

Ze haalt haar schouders op. Ik krijg het warm. Loopt hij rond tussen de gasten, kan Trix hem zien? Dat mag niet, dan is het hele effect weg.

Ik ga hem zoeken, fluister ik, om me heen kijkend op zoek naar een rare kale man. Ik moet hem verstoppen.

Halftwaalf. Nog steeds die loomte in de lucht, zoel, sterren en een maan die zijn mooiste baan ooit werpt op dit gazon in Amsterdam-Zuid dat Hyun speciaal voor deze gelegenheid heeft gemaaid – voor het eerst in haar leven. Terwijl Trix denkt dat we verder geen verrassingen in petto hebben, leggen Hyun en ik alles klaar. De tuin uit, sommeren wij de gasten. We moeten even iets... Je weet wel. En neem Trix mee.

En die man, wanneer moeten we hem...? Hyun kan het niet laten haar neus op te trekken wanneer ze over hem praat.

Laat maar, hij zit goed, op zolder. Als alles klaar is, haal ik hem naar beneden.

Wat doen jullie daar toch? Het hoofd van Trix om de deur van de serre heen. Daarachter haar lichaam, lang en slank, helemaal gekleed in het zwart. Waarom is ze nooit fotomodel geworden, schiet het door me heen, had gekund, makkelijk.

Effe niet kijken, wegwezen, roep ik en maak afwerende gebaren met mijn handen.

Ready? Ik kijk Hyun aan.

Yes, wie haalt die man? Dat neusje...

Ik. Hou jij iedereen binnen. Pas als ik ja zeg, mogen ze eruit.

Hyun draagt de taart met gestrekte armen vooruit, vijftig kaarsjes, ze branden allemaal. Achter haar lopen in een rij de anderen: Trix voorop. Vijf voor twaalf.

Kom de tuin maar in, gebaar ik.

Niemand vraagt wie dat is, die man gekleed als een fakir, naast een levensgrote Sarahpop, omzoomd door een bed geraniums. Er gebeurt veel tegelijk nu, de taart wordt neergezet, kaarsjes moeten uitgeblazen, alle vijftig en op het juiste moment. De torenklok slaat. We tellen mee en op slag twaalf doet hij het, onze fakir. Eerst spuwt hij de fakkels aan met veel exotisch vertoon – hij is in niets meer de man van eerder, klein kaal en in een goedkope jas. Nee, verre van dat. Hij is een Indiër, een magiër, niemand die dat in twijfel trekt zoals hij daar al dansend en bezwerend speelt met vuur.

Stilte, gebaart hij.

Iedereen gehoorzaamt.

Langzaam loopt hij naderbij, naar de Sarahpop toe, de Sarah die Hyun en ik in elkaar hebben geknutseld, een oude dame, zuur kijkend of haar leven voorbij is, het leuke gedeelte althans.

Ja, knik ik zowel naar de fakir als naar Hyun.

Terwijl de fakir zijn vuurballen richt op onze Sarah, dat toonbeeld van uitgeblustheid, draait Hyun het volume op de hoogste stand: 'Foxy Lady' schalt het door die tuin in Amsterdam, op die zomernacht, op het moment dat Trix vijftig is geworden.

Ze gaat in vlammen op, Sarah, in een vuur dat wijder uitslaat dan ik verwachtte. Maar de fakir heeft mij bij hoog en laag verzekerd dat alles onder controle blijft, koud vuur, niets aan de hand. Hij blaast nog een paar vuurpegels de lucht in, kan er geen genoeg van krijgen.

De uitdrukking op het gezicht van Trix houdt het midden tussen verbijstering en verbazing, maar uiteindelijk besluit ze het enige te doen dat past op dit moment. Wanneer de gitaar van Jimi Hendrix uithaalt en hij in de microfoon kreunt: *Foxy Lady, coming to get you* trekt Trix haar lichaam samen en barst ze uit in een dans, haar dans, de dans van haar leven.

Later volgt het aansnijden van de taart, de kaarsjes worden

weggehaald en dan ziet Trix het pas goed, het opschrift in room: LANG LEVE ALLE FOUTE SARAHS.

De volgende ochtend. Of het een geslaagd feest was, vraagt de echtgenoot terwijl hij de gordijnen opentrekt.

Dicht, dicht, gebaar ik. Want ik heb niet alleen een kater, maar wil ook niet worden herinnerd aan gisternacht, het laatste deel ervan tenminste. Aan Trix, ladderzat in een hoek met de fakir, wiens handen zich een weg omhoog zochten, verder en verder.

Hyun had het voor gezien gehouden, noemde haar moeder walgelijk. En ergens... ja... kon ik haar geen ongelijk geven. De meeste gasten waren al naar huis. Op het laatst bestond het gezelschap alleen uit de fakir, Trix en ik. Iemand moest ze toch in de gaten houden; en niet alleen hen maar ook het vuur dat nog nasmeulde op het gras en daarin een groot gat had achtergelaten.

Terwijl ik opruimde, deden de kreetjes van Trix mijn maag samenballen. Niets herkende ik terug van die lange koele en beheerste verschijning die zij eerder die avond was geweest.

Ach, bedacht ik, de deur achter me dichttrekkend om eindelijk, eindelijk naar huis te gaan, misschien is dit wel het mooiste cadeau dat iemand haar kan geven. Een man. En ja, zo in zijn kostuum, is hij best aantrekkelijk, deze fakir. Het is maar goed dat ze hem niet heeft gezien in zijn ware gedaante, sprekend het vieze mannetje uit *Van Kooten en De Bie*.

– 18 –

Vakantietijd en we hebben nog niets geboekt. Zoon wil met vrienden naar Spanje.

Niet met vriendin?

Hij schudt zijn hoofd.

We zien zijn vriendin weinig de laatste tijd. Ik durf er niet naar te vragen. Misschien is het uit. Wie die vrienden zijn?

Er worden namen genoemd.

O, nee, die niet, daarmee ga je de grens niet over, die jongen deugt niet, dat is een crimineel, hij dealt, blowt. Als je in het buitenland wordt gepakt met drugs, ga je voor tientallen jaren achter de tralies, dan is je leven voorbij.

Zoon zegt dat dit onzin is, dat zijn vriend helemaal is veranderd, in zijn voordeel, hij gaat zelfs weer naar school.

Wij, de echtgenoot en ik, geloven dat niet. Wij weten hoe moeilijk, onmogelijk bijna, verandering is.

Waarom moeten wij altijd spelbreker zijn? Zoon zet zijn pubergezicht op. Alle andere ouders vinden het wel goed dat die jongen meegaat. Wij verpesten zijn hele vakantie.

Exit zoon, de trap op, naar zijn kamer, de deur met een klap dicht.

Die opmerking over drugs in het buitenland heeft hem geraakt. Ik heb er een speciale antenne voor. Wie kent een kind beter dan zijn eigen moeder?

We moeten het even laten rusten, zeg ik tegen de echtgenoot op samenzweerderige toon. Soms kun je niet anders, moet je samenspannen, valstrikken plaatsen, liegen en bedriegen, allemaal voor de bestwil van je kind. Opvoeden heet dat.

Maar goed, wat doen wij zelf deze zomer en wie zijn wij? Gaat dochter met ons mee?

Zij knikt van ja en merkt op dat het saai zal worden zonder broer. Saai voor haar betekent de hel voor ons, dus daar moeten we iets op vinden.

Een vriendin. We nemen een vriendin mee.

De volgende dag heeft ze een kandidate gevonden. Wij hebben nog nooit van dit meisje gehoord, maar dat geeft niet. Niets geeft, alles is oké, als er maar iemand meegaat.

De zaak is rond. We gaan met zijn vieren, echtgenoot, dochter, onbekende vriendin en ik naar Italië. Van de vakantieplannen van zoon horen we lange tijd niets.

Broer en ik zullen onze vakanties op elkaar afstemmen. Iemand moet in het land blijven, present zijn, als achtervang voor moeder. Zijzelf wil er niets van weten. Belachelijk. Ze is toch geen klein kind. We moeten haar niet betuttelen en gewoon weggaan wanneer we willen, ze redt zich echt wel die paar weekjes.

Broer en ik denken daar anders over. Dus: wanneer ga jij, dan kan ik…

We bellen heen en weer. En nog eens.

Uiteindelijk bereiken we een compromis. Drie dagen zal moeder alleen zijn. Daarover lichten we de buurvrouw in zodat zij extra oplet.

Zoon gaat niet naar Spanje, maar naar Kroatië. Die ene vriend zal niet van de partij zijn.

Hoe moet hij nu nog al dat geld bij elkaar krijgen om op vakantie te gaan, vraagt hij met ogen die een beroep doen op mij, op mijn portemonnee welteverstaan. We zitten op de bank, zijn benen op mijn schoot.

Of meer uren gaan werken een idee is, als hbo'er heb je zoveel vrije tijd. Altijd vrij, voeg ik in gedachten toe. Wanneer is hij op school, krijgt hij les, staat hij *face to face* tegenover een docent? Sinds hij op het hbo zit, heeft hij over gebrek aan slaap niet te klagen. Uitslapen, elke dag.

Maar nu maak ik een denkfout. Geen college betekent niet dat hij vrij is. In die tijd dat hij niet op school zit, bijna de hele week dus, moet hij wel studeren. Thuisstudie heet dat. De nieuwe tijd, mam, zo gaat dat tegenwoordig. Oké, oké. Einde discussie. De feiten op een rij. Hij heeft een gat in zijn begroting. Te laat begonnen met werken misschien?

Door die tentamenweek, vult hij aan. En daarvan heeft hij de helft toch maar mooi gehaald.

De helft ja…

Wat nu? Niet op vakantie gaan, stel ik voor in een poging

hem iets van de ernst van het leven te laten voelen.

Hij lacht. Dat meen ik niet.

Nee, dat klopt. Maar terugbetalen zul je, elke cent en met rente.

We schudden handen, we hebben een deal.

− 19 −

Sinds mijn vroegste jeugd bracht ik elke vakantie in Italië door. *La petite Italienne* noemde de Franse leraar mij omdat ik elk Frans woord uitsprak met een Italiaanse zangerigheid. En die donkere bos krullen, mijn bruine ogen, komen ook daarvandaan. Vaak denken mensen dat ik een Joodse achtergrond heb, maar dat donkere stamt van het Italiaanse bloed in mijn aderen. Van mijn grootvader, die als gastarbeider verliefd werd op zijn Sientje, mijn grootmoeder, wier naam hij nooit goed heeft leren uitspreken. Verder dan Sienja is hij niet gekomen, maar uit zijn mond, met de tederheid waarmee hij het uitsprak, klonk het mooier dan haar echte naam ooit zou kunnen klinken.

Mijn 'Italiaansheid' gaat niet verder dan het uiterlijk. Net als bij mijn vader wiens innerlijk meer weg had van dat van een Fries of Groninger dan dat van een Italiaan vol vuur. Ook mij heeft niemand kunnen betrappen op passionele uitbarstingen of golven van emotie.

Italië, lang weggeweest uit mijn gedachten, mijn leven ook,

de laatste twintig jaar ben ik er niet geweest. Maar nu, dit jaar, voel ik de noodzaak om erheen te gaan – voel het zo intens dat het me verbaast. De echtgenoot meent dat het te maken heeft met de dood van mijn vader, mijn zieke moeder. Dat ik verlang naar vroeger, naar de tijd dat zij niet ziek was en mijn vader nog leefde.

Als ik op 28 juli met echtgenoot, dochter en vriendin het vliegtuig in stap, ga ik voor het eerst in twintig jaar terug naar het land van mijn jeugd.

De vriendin van mijn dochter, die bij ons in het vliegtuig zit, heeft een gezicht als een engel – of nee, ze heeft een feeëngezicht. Lange haren vallen langs haar jukbeenderen, ogen waarin onschuld en onbevangenheid de dienst uitmaken. Een huid als in een reclamespotje en dan, ongepast bijna, een stel borsten waar je wel naar moet kijken, of je wilt of niet.

En deze fee, deze femme fatale, gaat met ons mee naar Italië. Mee op een vakantie die in het teken moet staan van rust. Voor mij in elk geval. Nooit eerder heb ik zo sterk het gevoel gehad aan vakantie toe te zijn. Deze baan is slopend. De ene klus is net geklaard of de andere staat er alweer achter. Of, zoals vaker de laatste tijd, alles moet tegelijk en het moet vandaag af.

We hebben een duizendpoot gevraagd, zegt Antoin als ik aangeef dat het te veel is, te druk. Ja, inderdaad, dat stond in de advertentie, maar dat het zo letterlijk was bedoeld…

Bikkelen is het. Overwerken, bijna elke dag, en daarna naar moeder, om pas laat, tegen elven, thuis te komen. In dagdromen bonjour ik alle bezwaren van moeder de wereld uit en neem ik een thuiszorgmevrouw mee naar haar toe. Dit is ze, mam, zal ik zeggen. Deze aardige mevrouw – in mijn fantasie zijn dit soort vrouwen altijd moederlijk lief – gaat jou helpen met het huis, met koken, met alles waarmee jij moeite hebt. En dat is niet omdat ik het niet wil doen, maar omdat zij het beter kan, veel beter dan ik want zij heeft ervoor geleerd. En zij heeft er geen andere veeleisende baan naast, vervolg ik in gedachten. Dus, mam, hier staat geen vreemde die in jouw spulletjes gaat snuffelen, maar een toegewijd, zorgzaam mens dat jou op je wenken zal bedienen.

In het echt breng ik het onderwerp nog weleens ter sprake: thuiszorg. Maar eigenlijk kan ik er net zo goed over ophouden. Ze griezelt al bij de gedachte, gaat nog liever dood – zegt ze letterlijk – dan een vreemde in haar huis toe te laten. En ik heb jou toch, besluit ze met een blik vol gelukzaligheid. Heerlijk, zo'n dochter die zij zelf op aarde zette en die nu toch maar mooi van pas komt. Zo heb je er tenminste iets aan, aan al die jaren zwoegen…

Het vliegtuig maakt een onverwachte beweging waardoor echtgenoot en ik met onze ellebogen tegen elkaar aanstoten. Dat hij de meisjes kort zal houden, zegt hij terwijl hij het tijdschrift oppakt dat op de grond is gevallen.

Goed zo, bevestig ik hem in zijn streven maar ik denk er het mijne van. Stoerdoenerij. Ik weet dat dochter hem om haar pink windt als een punniktouwtje.

De fee en dochter zitten rechts aan het raam en wij in het middenpad naast twee Italiaanse jongens die zich vergapen, onafgebroken, aan onze meisjes.

Drie weken in Positano. Ik ken Positano van tientallen ja-ren geleden. Hier liep ik rond toen ik vijftien was, hier werd ik verliefd, voor het eerst. Zo verliefd werd ik daarna nooit meer. Nee, ook niet op de echtgenoot. Op de een of ande-re manier bereik je die heftigheid van de eerste keer niet op-nieuw. Gelukkig maar. Ik was ziek van verliefdheid, letterlijk. Ik gaf over, sliep amper, kon niet eten.

Hij ook.

Samen waren we ziek van verliefdheid. En we werden nog zieker toen het afscheid aanbrak. Huilen, niet alleen ik, ook hij. Wij wisten het zeker, zo zeker: wij zouden trouwen, we waren voor elkaar gemaakt. Dat hij in Napels woonde en ik in Baarn maakte niets uit.

De rest van het verhaal is minder romantisch. In Nederland merkte ik dat ik zwanger was, hij liet niets van zich horen en ik onderging een abortus. Stiekem. Ik deed alles in het ge-heim, achter de rug van mijn ouders om.

Aan de abortuskliniek in Amsterdam-Oost heb ik gek ge-noeg de beste herinneringen. Er stonden Japanse kamer-schermen en je zag uit op een tuin waarin van alles bloeide, een overvloed aan bloemen, aan kleuren. Pijn deed het am-per. Na afloop kreeg ik een kop jasmijnthee.

Nooit heb ik mijn ouders hier iets over verteld. Zelfs nu niet, terwijl het allemaal niet uitmaakt, mijn moeder oud is en kanker heeft. Vroeger zweeg ik uit angst voor straf en nu uit angst om moeders herinneringen te bezoedelen.

Positano: zon en warmte. Alles is anders en tegelijk hetzelfde gebleven. Het meest essentiële, de kustlijn, is onveranderlijk.

Eeuwig. Zo ook: de rotspunten, de ravijnen, eindeloos klimmen naar boven, naar beneden, trappen lopen om naar het strand te komen, naar een restaurant. En dat alles in een zon die brandt als een laser.

De eerste dagen zijn de meisjes wat onzeker. Doen niets zonder ons. Heel goed, denk ik. Blijf maar afhankelijk, kan ik jullie mooi in het oog houden. Op vakantie gaan met pubers is een risicovolle onderneming. Of ze vinden er niets aan en hangen om je heen met een uitdrukking op het gezicht of ze dood willen. Of ze vinden hun draai, zijn dag en nacht op stap en je doet geen oog dicht omdat je niet weet waar ze uithangen.

De eerste die losbreekt, is de fee. De fee krijgt een vriendje: Luca. Weg onschuld en onbevangenheid. Gearmd lopen ze op het strand. Hij is een jongen van een jaar of achttien, misschien wel twintig, en zij is zestien. Luca is het prototype gigolo. Compleet met Vespa-scooter en zonnebril.

Zij verandert van een fee in een seksbom, geile blik in haar ogen. Is ze aan de pil? Dochter begint bijna te kokhalzen. Ze weet het niet, antwoordt ze met die moordenaarsblik waarop puberdochters hun moeders trakteren.

De echtgenoot denkt dat het zo'n vaart niet zal lopen. Meisjes van nu weten wat ze doen. Ik weet wel beter. In Positano gaan zulke dingen snel, heel snel.

De fee heeft alleen aandacht voor Luca. Dochter, onze dochter, heeft het nakijken, en dat bedoel ik letterlijk. Dochter zit bij ons op het strand of bij ons voor de bungalow en de fee is bij haar Luca. Oké, de fee houdt zich netjes aan de afspraken over tijdstip van thuiskomen en vertelt altijd waar ze heen gaat, maar ze is de hele tijd weg.

Dochter verveelt zich en maakt dit kenbaar: zuchten, diep en lang, gesnuif. Er valt geen letter te lezen, laat staan een spier te ontspannen. Op vakantie heb ik graag dat mijn kinderen zich vermaken, een moederlijke afwijking waaraan ik me niet kan ontworstelen. Wat te doen?

Hele strategieën bedenken we, de echtgenoot en ik, inclusief scenario's over hoe we aan de orde zullen stellen dat we het niet leuk vinden dat de fee onze dochter in de steek laat, want zo zien wij het. Dochter zelf zweert dat ze zal weglopen of zich van een rots storten als wij ook maar iets zeggen.

De oplossing komt vanzelf.

Luca's vakantie zit erop. Hij reist af naar Milaan. De fee is even verdrietig, maar dat duurt niet lang. De echtgenoot en ik weten het zeker. Onze vakantie is gered, en dat mag ook wel, want we hebben er al een week op zitten.

Kijk die twee eens lol maken, zeggen we tegen elkaar, glimlachend, als we de meiden samen zien zwemmen. Godzijdank, eindelijk tijd voor onszelf. Tenslotte namen we die fee niet mee om haar eigen bloemetjes buiten te zetten maar om onze dochter gezelschap te houden.

Het gaat een kleine week goed. Dochter en fee vermaken zich samen, we zien ze alleen bij het avondeten. Eindelijk tijd om met z'n tweeën eropuit te gaan. Met het boemeltje, de Transvesuviano, de kust rond: Amalfi, Sorrento, Pompei. In Napels blijven we een nacht slapen in een van die chique hotels aan de baai. 's Avonds mosselen eten in Santa Lucia.

Ik hou nog evenveel van Napels als toen ik er voor het eerst kwam, het is een liefde zo onvoorwaardelijk dat zelfs een poging tot zakkenrollen er niets aan kan afdoen.

Kort daarop zet een nieuwe ontwikkeling in. Nu heeft dochter een vriendje. Een Fransman, Frederic genaamd. Wat ze erin ziet? Het is een slungelachtige jongen, mager, met puisten op zijn rug. Zij adoreert hem. Ik onthoud me van elk commentaar. Dat ik voorbehoedsmiddelen bij me heb, merk ik terloops op. Of ik daar alsjeblieft over op wil houden. Twee ogen vol haat staren me aan. Waarom heb jij het toch altijd over seks? Seks, seks en nog eens seks. Ze zou er haast een fobie van krijgen.

Dochter gedraagt zich precies zo egoïstisch als de fee. De fee is haar eigen gedrag vergeten en gaat in de aanval. Ze verwijt dochter van alles en doet dat op hoge toon. Dochter laat dit niet op zich zitten. Kortom, ze maken ruzie, en als ze daar even genoeg van hebben, negeren ze elkaar.

Ik weet niet wat erger is, de ruzie of het negeren.

Wanneer dochter weg is met haar Fransman zitten wij met haar vriendin. Zij is veranderd in een feeks vol haat en jaloezie, wat haar niet mooier maakt. Zij kan zichzelf niet bezighouden, leest niet, zwemt niet en brengt haar tijd door in bed met de luiken dicht.

Vakantiedipje, noem ik het in een poging luchtig te doen. Wil de sfeer erin houden, het is tenslotte vakantie, een tijd waarin het leuk moet zijn.

De echtgenoot is het beu, alle spanningen in dat kleine huisje – de binnenmaat van onze bungalow viel tegen – en hij trekt zich terug. Hij leest of slaapt. Ik beschuldig hem van vluchtgedrag. Hij ontkent en zegt dat ik te veel op hem let, dat ik hem met rust moet laten.

Voor de spiegel probeer ik mijn haren in model te brengen, die bos wol aangetast door het zout van de zee. Vanavond ga ik uit. Alleen. Voor het eerst in deze vakantie doe ik iets zonder de anderen. Ik ben ze zat: dochter, fee/feeks en het meest van al de echtgenoot die zich zo typisch mannelijk ophokt in zijn eigen universum.

Belachelijk vindt hij het, alleen weg en in de avond? Waarom, en is dat niet gevaarlijk met al die Italianen? Vroeger deden we altijd alles samen tijdens vakanties. Leuk zeg, om hem alleen achter te laten, en dan ook nog met die vriendin. Wat moet hij met haar een hele avond lang?

Het is aan hem om de sfeer erin te houden. Ik neem vanavond vrij, van hem en de rest van de familie.

Zijn kaakspieren trekken. Hij keert zich om, loopt naar buiten en gaat zitten in de schaduw van de parasol. Door het raam kijk ik naar hem, deze man die mij kwalijk neemt dat ik even, als is het maar een avondje, iets voor mijzelf wil doen. Een seconde twijfel ik. Zal ik toch thuisblijven, of hem meenemen?

Nee. Ik zet door, ik ga alleen.

In mijn eigen tempo loop ik door de binnenstad van Positano op de slippers die ik in Napels kocht. Ik sta stil bij alle winkeltjes die ik leuk vind zonder ogen die priemen in mijn rug, mij manen tot doorlopen. Niemand is mij kwijt als ik plotseling iets bijzonders zie en ergens naar binnen stap. Drie ijsjes verorber ik, achter elkaar, zonder dat iemand vraagt of mam niet op haar lijn moet letten. Als een kind op schoolreisje huppel ik alle steegjes in, doodlopend of niet, alleen maar om te ervaren, me ervan te verzekeren dat ik kan gaan en staan waar ik wil.

Pas als ik het strand nader, ga ik langzamer lopen. De herinneringen dwingen mij daartoe. Waarom wil je hiernaartoe, doe je jezelf dit aan? Maar het is een schijnvraag. Ik kan niet anders dan doorlopen. Ben ik niet hiervoor naar Positano gekomen? Die drang, die hunkering om naar Italië te gaan, gold toch eigenlijk deze plek.

Het is alsof ik na de dood van mijn vader schoon schip moet maken. Opnieuw moet beginnen.

Ik nader de plek waar mijn maagdenvlies het begaf – tenminste, dat moet daar gebeurd zijn, ook al heb er niets van gemerkt. Misschien ben ik ontmaagd geboren of haperde het vanaf het begin al met dat vlies. In elk geval kwam er geen bloed, geen druppel.

Het strand is niet veranderd, klein en bijna helemaal in beslag genomen door ligstoelen en parasols. Het zand oogt niet wit maar grauwig. Het is geen mooi strandje, maar de ligging… Met je gezicht naar zee zie je aan weerskanten kliffen in het water verdwijnen. Keer om richting het stadje en je raakt betoverd door alle lichten die vanaf die rotswand schijnen over het strand en de baai daarachter.

Alsof er een stethoscoop op mij is bevestigd, hoor ik alles wat zich afspeelt in mijn lichaam. Het hart dat bonkt, bloed dat stroomt. Tintelingen over mijn rug. Hier is het gebeurd, hier is ooit leven verwekt in mij.

Mijn ogen dicht, visoenen van het kind dat nooit is geboren. Langzaam ebben de beelden weg. Ook het tintelen houdt op.

Het zand is vochtig, desondanks ga ik zitten. Ruik de geur van de zee, die in de nacht anders is dan overdag. Zouter. Op de achtergrond hoor ik de branding spelen: aanvallen, terugtrekken.

− 20 −

Het heeft geregend op de nacht dat dochter niet thuiskomt. Geen onweersbui waarbij de donder weerkaatst tussen rotsen en bliksem de lucht doorklieft. Nee, motregen. Uitzonderlijk in deze tijd van het jaar. Welkom ook. De laatste dagen waren heet. Er waaide geen zuchtje wind. Deze regen, hoewel bescheiden, brengt in elk geval verkoeling.

Echtgenoot, fee en ik hebben de avond al kaartend doorgebracht. Er is een soort modus vivendi ontstaan. Overdag is dochter bij de fee en de avonden zijn voor Frederic. Niet ideaal, geef ik toe, maar het hoogst haalbare compromis.

De fee heeft zich erbij neergelegd. Ongelukkig is ze niet meer. Ze heeft een paar meisjes uit Groningen leren kennen en gaat daar weleens mee uit. Daarnaast heeft ze een intense liefde opgevat voor mij. Voor ik het besef vormen we een duo: de fee en ik. Samen boodschappen doen, koffiedrinken in 'ons' tentje en kletsen, eindeloos kletsen. De fee dan, ik niet.

Als ik dochter hierop aanspreek, dat ik toch echt niet van

plan ben al mijn tijd met haar vriendin door te brengen, zegt ze dat de fee erg op mij is gesteld en dat zij daar niets aan kan doen. Je bent nou eenmaal een heel leuke moeder, liegt ze.

Nee, denk niet dat ik daar intrap. Niet na jaren van kritiek, verwensingen en spot. Het is jouw vriendin en jouw verantwoordelijkheid.

Dat geeft lucht. Tenminste een paar dagen.

Tot die nacht waarin dochter niets van zich laat horen. Twee uur is de thuiskomtijd en daar houdt ze zich goed aan. Het wordt misschien tien over of kwart over, maar niet later. Ik slaap. De echtgenoot maakt mij wakker. Hij zegt dat het halfvier is; dochter is niet thuisgekomen. Natuurlijk heeft hij haar al gebeld, maar ze heeft de voicemail aanstaan. Ook ingesproken ja, verschillende keren. Op sms'jes antwoordt ze niet. Wat nu?

Ik zeg dat ze jong is en verliefd en dat je dan de tijd weleens kunt vergeten, dat hij moet gaan slapen, dat ze heus snel thuis zal komen.

Om vier, vijf, zes, zeven uur is ze er nog niet.

Het is al licht, we zitten voor de bungalow. Muggen prikken, maar wij voelen niets. We realiseren ons, veel te laat natuurlijk, dat we de achternaam van Frederic niet kennen, geen idee hebben waar hij logeert, kortom, dat we niets over hem weten. De fee zit naast mij, tussen mij en echtgenoot in. Plotseling is er van irritatie geen sprake meer, de fee hoort bij ons zoals niet eerder in deze vakantie.

Moeten we de politie waarschuwen, ziekenhuizen afbellen of de receptie van het bungalowcomplex inlichten? Alles is beter dan dit machteloze afwachten. We besluiten te beginnen met de receptie.

De fee en ik erheen. Ochtendnevel, geur van dauw, een briesje. Het is gek, maar ik ben op dit moment blij dat zij er is, dat we samen naar de receptie lopen.

Daar, vlak voor de receptie, staan ze: dochter en Frederic. Ze zoenen, zoenen en houden pas op als ik dochter zo hard aan haar arm trek dat ze er een blauwe plek aan zal overhouden.

Honderden, nee duizenden excuses, zowel van haar als hem. Die van hem in een mengeling van Frans en Engels. Onverstaanbaar bijna. Ze hadden de tijd vergeten en ziet u (Frederic aan het woord) ik vertrek vanmiddag naar Parijs. Mijn vakantie zit erop. Het was onze laatste avond samen.

Die middag. Ik wil geen inbreuk maken op de autonomie van mijn dochter, mijn neus in haar privézaken steken. Ik wil het niet maar doe het toch. Per slot van rekening ben ik haar moeder, daar kleven verplichtingen aan, leuk of niet.

Heb je een condoom gebruikt?

Mama, alsjeblieft, hou op.

Onzin, ik vraag toch niet wat je hebt gedaan, ik vraag alleen of je iets hebt gebruikt.

Hou toch op, ik ben geen hoer of zo.

En?

Nee, maar we hebben het heel kort gedaan, een seconde of zo.

Als in een film zie ik voor me, hoe ik haar een klap geef, hoor het geluid waarmee mijn hand neerkomt op haar wang.

Zie haar ogen mij aanstaren. Vol ongeloof, verwijt en afschuw. Maar ik doe niets, helemaal niets.

De rest van de vakantie speelt zich af in een nachtmerrieachtig waas, voor mij althans. Is ze zwanger? Geen rust of moment ontspanning.

In het vliegtuig op weg naar huis realiseer ik me dat ik meer gespannen terugkom dan ik wegging. Niet opgeladen met energie om er weer flink tegenaan te gaan. Voor de eerste keer heb ik spijt, betreur ik van baan te zijn veranderd. Op mijn oude werk ging alles vanzelf. Routine. Geestdodend, maar o, zo makkelijk. Ik had kunnen blijven, de bui afwachten.

Toch verkeerd gekozen? Het foute moment? Rond je vijftigste komt alles samen: kinderen in de puberteit, ouders die behoeftig worden en jijzelf in de overgang. Had ik beter moeten luisteren, naar broertje, anderen, mijn echtgenoot die zich weliswaar niet openlijk uitsprak tegen mijn banenswitch, maar wel bedenkingen had, twijfelde of het verstandig was.

Maar hoe moet het dan wél in een vrouwenleven? In je jonge jaren ben je aan het baren, zogen en verzorgen. En als dat achter de rug is, ben je oud, uitgeteld en energieloos. Wanneer is je piektijd? Wanneer kom je zelf aan je trekken? In de koelkast met alle ambities?

Niet voor mij. Foute Sarahs gaan door. Kom maar op, pubers, bazen en de rest van de wereld. Niet alleen onze huid is van leer, onze ziel ook – taai, dik en onverwoestbaar.

Na de vakantie... Ze is overtijd. Vertelt dat terwijl de elektrische borstel mijn tanden bewerkt en ik even niets kan zeggen.

Uitgekiend of toeval? Een paar dagen maar, voegt ze toe terwijl ik de tandpasta uitspuug in de wasbak. En zoals ik weet is haar cyclus onregelmatig. Even afwachten dus maar?

Natuurlijk niet. De tandenborstel glijdt uit mijn handen. Ik wil hem stop zetten, dat geluid laten ophouden maar kan het knopje niet vinden. Geen risico nemen. Direct een zwangerschapstest laten doen en bij de huisarts want die uit de winkel vertrouw ik niet.

Onzin, oordeelt dochter. Ze is niet zwanger, kan niet, hij is amper in haar geweest.

Kan wel, bezweer ik haar, heel goed zelfs.

Naar de huisarts en gauw. Nee, jij hebt hierin geen inbreng, dochter. Geen enkele. Niet te geloven dat ik deze woorden uitspreek, ik die me had voorgenomen om nooit, nooit…

Als ik de triomf in haar ogen zie, weet ik direct hoe de uitslag luidt. Ze hoeft niets te vertellen, haar blik zegt genoeg. Of ze dat aanvoelt snauwt ze: zie je nou wel? Al dat gedoe voor niets.

Fee en dochter komen hun gezamenlijke vakantie niet te boven. De vriendschap gaat over. Nadat we op Schiphol uit elkaar gaan zie ik haar niet meer.

— 21 —

Het gaat niet goed met moeder. Ze heeft steeds pijn, is angstig. Het huis in Baarn is te groot, ze hoort stemmen, vooral in de nacht. Uit elke kamer een andere stem. Soms van bekenden, dan van vreemden.

Haar huis is haar alles. Hier heeft ze haar kinderen gekregen, is mijn vader gestorven. Kortom: dit is het huis waarmee haar leven is verweven. En dan die tuin... Hoe kan ze ooit afstand doen van haar allerliefste bezit? Tuinieren is haar passie, altijd geweest. Ook al kan ze nu niets meer zelf doen, de aanblik van de tuin maakt haar gelukkig. Zonder die tuin, zonder dat huis, gaat ze dood.

Vaker blijf ik bij moeder slapen en ga daarvandaan naar Hilversum, naar mijn werk. Broertje komt in de weekenden, zijn vrouw probeert er minstens een keer in de week te zijn.

Ze kan zichzelf verzorgen, wassen en aankleden. Hoelang nog?

We zijn het er allemaal over eens: er moet iets gebeuren. Maar wat?

Zij wil het huis niet uit, geen vreemden in huis. Moeten we haar dwingen, kunnen we dat, willen we dat?

Mijn echtgenoot, Trix, buren tonen zich allemaal bezorgd. Dat ik er slecht uitzie. Of ik wel aan mezelf toekom, de laatste tijd.

Aan mezelf toekomen, aan welk deel: de mantelzorger, de vrouw, de moeder, de werknemer?

Als ik in de spiegel kijk, goed en niet vluchtig zoals gewoonlijk, zie ik wat ze bedoelen. De rimpels in mijn gezicht zijn verworden tot groeven, mijn huid is droog, geïrriteerd. Ik heb een vervallen gezicht, het uiterlijk van iemand die aan de drank is, een zwerver.

Trix weet de oplossing, zegt ze, haar krullen wegduwend onder een fel paars gekleurde sjaal als een tulband om haar hoofd gewikkeld. Dat verbaast mij niet. Trix weet altijd oplossingen voor alles en iedereen. We zijn naar de film geweest, een klassieke Italiaan: Passolini.

Ik wacht tot ze doorpraat, haar oplossing onthult. Maar ze doet er het zwijgen toe. Vanonder haar wimpers kijkt ze naar me, beloert ze me. Twijfel in haar ogen.

Mijn handen roffelen op tafel, komt er nog iets van?

Of ik haar niet zal uitlachen, of veroordelen. Blosjes op haar wangen.

Hoezo, waarom?

Botox.

Het is of ze een vloek heeft uitgesproken. Botox? Zegt ze dat echt...? Nee, dat kan niet, denk ik. Onmogelijk. Botox is voor mislukkelingen, Gooise vrouwen, filmsterren die verslaafd zijn aan drank of drugs, of beide. In elk geval is het niet voor ons soort vrouwen.

Gebruikt zij dat?

Ze knikt van ja. Schuldgevoel in haar ogen, en schaamte, vooral schaamte. Vandaar dat *smooth face* denk ik, en ik voel iets van triomf. Allemaal nep, die jeugdigheid van haar, ik ben dan misschien gerimpeld perkament maar wel echt en geen opgevuld stuk kipfilet.

Hoelang al, vraag ik, hopend dat het een gril was, veroorzaakt door menopauzehormonen.

Ze bekent, of ze een jarenlange drugsverslaving opbiecht: al een jaar of twee.

Stilte.

Verwarring op haar gezicht. Angst ook. Of alle zelfverzekerdheid in een keer is verdwenen, uitgewist zoals een regenvlaag dat doet met mascara of eyeliner. Heeft ze er goed aan gedaan om mij dit te vertellen? Bekijk ik haar nu met andere ogen?

Dan herneemt ze zich, recht haar rug, een glimlach om haar lippen, haar mond. Ze heeft nooit complicaties gehad, een paar prikjes en je ziet er niet zozeer jonger als wel vitaler uit. Oké, het is niet goedkoop, een paar honderd euro per prik, maar dan heb je echt wat. En, laten we eerlijk wezen, die antirimpelcrèmes zijn ook duur en geven veel minder resultaat. Op lange termijn valt het te bezien wie duurder uit is, de crèmevrouw of de botoxvrouw.

Duurder uit, of het daarom gaat. Of het leven niet meer is dan een rekensommetje.

Zoals zij praat over botox klinkt het allemaal luchtig en

simpel. Maar toch… Het is puur gif. Dat kan niet onschuldig zijn, wat zij ook beweert.

Bovendien ben ik iemand die rimpels beschouwt als medailles, eretekens, niet als lelijke dingen die moeten worden weggewerkt. Tenminste, dat heb ik altijd verkondigd, maar dat was voordat ik wist dat Trix… Ik zeg haar dat botox in elk geval niet bij mij past. Dat ik er niet jonger wil uitzien dan ik ben.

Trix wil iets zeggen maar slikt dat in. Ze kijkt mij aan, niet gewoon, zoals mensen elkaar aankijken, maar ze bestudeert me of ik een object ben, een foto in een blad. Iets in haar blik maakt dat ik me ongemakkelijk begin te voelen. Dan zegt ze dat het niet per se gaat over er jonger uitzien maar dat ik ouder lijk dan ik ben – en dat hoeft niet.

Ouder dan…? Vind je dat echt?

Ze knikt. Vriendinnen zijn er ook om elkaar de waarheid te zeggen als het nodig is, toch?

Stilte.

Trix staat op en gaat naar de bar om een volgend rondje te bestellen. Ik kijk om me heen. Overal zitten mensen die er goed uitzien, mooie mensen, mensen die jonger zijn dan ik of er althans jonger uitzien. Lijk ik echt ouder dan ik ben? Het laat me niet los. Probeer mezelf te bekijken in het glas dat op tafel staat. Tevergeefs, het is te donker.

Wanneer Trix terugkomt, vraag ik hoe oud ze me zou schatten als ik een vreemde was. In plaats van te antwoorden, legt ze haar handen op die van mij. Of ik een keer met haar meekom naar de kliniek waar zij zich laat prikken, niet voor een behandeling, alleen voor een consult, informatie.

Ik zeg dat ik erover zal nadenken, dat ik niets beloof, niets, dat ik er nog met de echtgenoot over wil praten.

Geen woord erover. Tegen niemand zeg ik iets.

Moeder lijkt iets op te knappen, heeft nieuwe pijnstillers, die beter werken. We gaan met haar naar Castricum. Ze wil naar de zee, wandelen langs het strand. Het is gek, maar sinds ze weet dat ze kanker heeft, glinsteren haar ogen op een speciale manier, of ze scherper zien, intenser de omgeving in zich opnemen. Als ik haar vraag of dit klopt, zegt ze dat niet te weten. Wel geniet ze meer, zegt ze, vooral van alles wat beweegt, wat leeft en leven uitstraalt.

De heren directeuren willen een afspraak maken voor een evaluatiegesprek. Het is september en ik ben een jaar in dienst.

Heel goed. Kan ik het weer eens proberen, dat salaris…

Het gesprek vindt plaats in de tweede week van september, op een woensdagmiddag om halfdrie. Het is de eerste keer dat ik Alex terugzie na het seminar in Delft. Zou hij daar nog op terug willen komen? Lijkt me sterk. Is nu al lang geleden. Bovendien was ik daar alleen zijdelings bij betrokken.

Dit keer voor mij geen speciaal ondergoed, bril of andere fratsen. Ik ga erheen zoals ik ben. Heb de laatste maanden keihard gewerkt, verschillende projecten goed afgerond. Deze evaluatie kan nooit slecht uitvallen, daarvan ben ik overtuigd.

Alex is laat. Uiteraard. Koffie en thee staan klaar. Het gesprek vindt plaats in de kamer van Antoin. Wachten. Antoin werkt door terwijl ik een van de tijdschriften op zijn tafel doorblader. Is het alweer een jaar geleden dat ik hier voor het eerst zat? De dag van het eekhoorntje, mijn hart dat bonsde als een op hol geslagen drumstel…

Op het moment dat ik het tijdschrift dichtsla en een ander wil pakken, klinkt de stem van Alex in de gang. Geen muur die daartegen bestand is. De deur zwaait open, hij stapt binnen, een hand voor Antoin, een hand voor mij. Hij ziet nog bruin van de zomerzon en hij heeft een nieuwe bril. Modern montuur. Staat hem goed.

Hij gaat zitten, zijn koffertje op de stoel ernaast en schenkt zichzelf een kop thee in. Na een korte stilte zegt hij zonder enige inleiding dat hij vraagtekens zet bij mijn functioneren.

Mijn lichaam verkrampt, of hij me een klap heeft gegeven.

Hoezo? Waarop doelt hij? Het gaat toch goed met mijn werk?

Stilte.

Antoin zwijgt, kijkt naar de grond. Hij ziet rood, rood. Rood.

Alex begint over Delft. Hij zegt dat mijn ondersteuning onvoldoende was. Uit zijn koffertje haalt hij het artikel met kritiek op zijn optreden en legt dat op tafel. Of ik dat soms vergeten ben?

Flits. Bliksem in mijn hoofd.

Ik pareer. Dat het niet mijn taak is om zijn praatjes voor te bereiden. Antoin heeft mij bovendien nog verweten dat ik te veel tijd aan dat seminar besteedde. Communiceren zij onderling wel? Hoe kan ik functioneren als zij langs elkaar heen werken?

Antoin schudt zijn hoofd, ontkent, dat heeft hij nooit gedaan.

Duizelig. Dan zeg ik dat hij het misschien is vergeten, maar dat dit wel is gebeurd. Hier in deze kamer.

Stilte.

Ze kijken naar mij, beiden, of ze verwachten dat ik mijn woorden zal terugnemen, verzachten of excuses zal aanbieden. Ik doe niets van dit alles.

Besef ik wel dat ik met mijn werkgevers aan tafel zit, bijt Alex mij toe.

Voordat ik kan antwoorden, schuift Antoin zijn stoel achteruit, gaat staan en mompelt dat hij naar het toilet moet. De deur wordt dichtgedaan.

Alex rommelt in zijn koffer, papieren, het ritselt. Hij heeft een blos op zijn wangen als hij zich tot mij wendt en zegt dat hij niet weet wat hij met mij aan moet.

Schouderophalend antwoord ik hier te zitten voor een evaluatie en dat het mij goed lijkt om daarmee te beginnen, gewoon zoals het hoort, hij heeft toch wel vaker dit soort gesprekken gevoerd?

Zonder hierop in te gaan, graaft hij verder tussen zijn papieren. Als Antoin terugkomt, heeft Alex gevonden wat hij zocht. Zwaait ermee boven zijn hoofd. Evaluatieformulieren. Moeten we invullen.

Of we zullen beginnen, stelt Antoin voor.

Het geluid van pennen op papier. Klaar, alle drie tegelijk. Eerst is de beurt aan mij om voor te lezen wat ik heb en daarop volgen zij. Ik begin. Een aantal vragen passeert de revue. Inkoppertjes. Pas bij de laatste wordt het interessant. Of ik genoeg ondersteuning ervaar om mijn functie naar behoren uit te oefenen.

Ik lees voor wat ik heb opgeschreven: ondersteuning nihil, in plaats daarvan tegenwerking.

Verbazing bij A&A. Ik vertel over Teun, zonder hem bij name te noemen, de beurs, dat gedoe met de stands. Verveeld onderbreekt Alex mijn verhaal, dat het daar niet over gaat, de vraag betreft mijn leidinggevenden, ons – zijn vinger wijst naar hemzelf en Antoin – of ik van hen genoeg steun ontvang.

Nee, luidt mijn antwoord en hoewel op normaal volume uitgesproken, klinkt het zo hard dat ik er zelf van schrik.

Ook zij schrikken, A&A. Dat een simpel woordje zo'n uitwerking kan hebben. Begin er plezier in te krijgen, dit is dus wat een peuter ervaart in de nee-fase.

Antoin vindt het eerst zijn woorden terug. Of ik me nader kan verklaren. Alex zit niet op een toelichting te wachten, te oordelen aan de kleur op zijn gezicht. Was hij ooit purper, nu is hij bleek, vaal.

Mijn stem klinkt standvastig, geen trillingen wanneer ik van wal steek. Ik hoef niet na te denken, het komt vanzelf en ik meen elk woord wat ik zeg, overdrijf niet, maak het ook niet mooier, maar doe gewoon mijn verhaal. De leiding ontbrak of werkte contraproductief, en ging dikwijls langs elkaar heen.

In de stilte die volgt op mijn woorden hoor ik de computer van Antoin ruisen, steeds harder, maar dat moet inbeelding zijn.

Zullen wij nu? Antoin kijkt Alex aan, wil verdergaan.

Maak je borst maar nat, denk ik en ga rechtop zitten. Onnodig.

Alex schudt zijn hoofd. Hij moet weg, volgende afspraak, een andere keer zullen we het afmaken. Zijn secretaresse zal een nieuwe afspraak maken.

In de auto op weg naar huis voelt het of de wereld van mij is. Oké, over mijn salaris is niet gesproken. Geen tijd. Maar verder is alles wat ik op mijn hart had op tafel gekomen. Jimi Hendrix op de radio, 'Wild Thing', of hij het speciaal voor mij zingt.

De echtgenoot tempert mijn overwinningsroes. Als geen ander kan hij mij van roze wolken af rukken en met twee benen op de aarde neerzetten.

Niet zo slim, beoordeelt hij mijn optreden. Te aanvallend. Hij zegt dat ik niet moet denken dat het hiermee afgelopen is. Die kerels vergeten zoiets niet, nooit. Als de kans daar is, pakken ze je terug.

Nou en? Ik lach hem uit, ben een en al strijdlust.

Kijk maar uit, waarschuwt hij, straks ontslaan ze je en dan heb je een probleem, wij allemaal: hypotheek, studerende kinderen...

Hou toch op, wil ik zeggen, bangmakerij. Er zijn wel meer banen in de wereld. Maar in plaats daarvan zwijg ik, hoor zijn antwoord al: Op jouw leeftijd is dat niet makkelijk...

Een steek in mijn maag. Moet ik voortaan dus alles maar accepteren, uit angst om niet meer aan de slag te komen?

Ik zeg – scherper dan ik bedoel – dat hij er denkbeelden uit de middeleeuwen op nahoudt.

Nu doet de echtgenoot er het zwijgen toe. Zegt niets meer. De hele avond niet. Zo is hij.

– 22 –

Op weg naar een dorpje, een typische Gooise enclave vlak bij Hilversum. Of ik zenuwachtig ben.

Wat een onzin. Waarom? Ik ga alleen kijken, verder niets.

Trix en ik spreken weinig tijdens de rit. Ik heb geen zin om te praten. Als ik naar haar kijk van opzij, vind ik dat ze wel iets heeft van een Gooise vrouw. Om haar mond een ontevreden trek, of ze zich verveelt, een verveling die niet overgaat, een eigenschap wordt.

Waarom? Wat is er mis in haar leven? Niets toch? Het enige, ze wordt ouder, en ja, dat zie je. Die botox kan haar rimpels verzachten, gladstrijken, maar niet de blik in haar ogen verjongen. Hoe stralend, rimpelloos je huid ook is, het zijn je ogen die je leeftijd weerspiegelen, Trix, je ogen; daar is niets aan te doen.

Zal ik de moed hebben, ooit, om deze dingen tegen haar te zeggen? Zal ik vragen: Waarom, waarom die botox, voor wie doe je het? Stop er toch mee. Het is verraad. Je speelt vals.

Met die prikjes verraad je alle vrouwen. We moeten het samen dragen en met het hoofd omhoog onze aftakeling onder ogen zien, accepteren dat wij sneller verouderen dan mannen. Wat blijft er over van onze zusterlijke solidariteit als er vals gespeeld wordt, zomaar jaren worden uitgewist door een paar prikken?

En dat is niet alles. Persoonlijk voel ik me ook verraden, voor de gek gehouden omdat ze eerder niets vertelde. Mij liet geloven dat het allemaal puur natuur was. Dat jeugdige van haar, die leeftijdloze uitstraling. Het is vreemd: ondanks dat ik nu met Trix op weg ben naar de kliniek, staat de botox tussen ons in.

Een hoge deur, groen, hout en glimmend. Discreet naast de bel, amper te zien, in gouden letters: KLINIEK VOOR IN-JECTABLES.

We lopen een hal van marmer binnen, de wachtkamer in en krijgen koffie. Schilderijen aan de muren, modern, en lampen. Veel licht. Boven de tafel een kroonluchter. Op een monitor beelden van mensen – vrouwen en mannen – voor en na behandelingen. Het verschil tussen voor en na is enorm. Van ingevallen besjes veranderen ze in George Clooney, Jane Fonda.

In de hoek, half verstopt achter een palm, ontdek ik een andere wachtende, een vrouw van middelbare leeftijd: blond, lippen vuurrood van de lippenstift. Echt een vrouw die je hier verwacht, denk ik – en tegelijkertijd: wat doe ik hier? Bijna wil ik opstaan, naar haar toe lopen en vertellen dat ik niet ben zoals zij, dat ik hier alleen zit omdat mijn vriendin zich laat behandelen, dat die vriendin dus overduidelijk op een dwaalspoor zit want zij hoort hier evenmin als ik. Dat zie je natuurlijk zo. Toch, toch?

De vrouw glimlacht als ze ziet dat ik haar bekijk. Snel sla ik mijn ogen neer. Wil geen contact, niet met zo'n botoxvrouw.

Door een onverwachte beweging mors ik koffie op een glossy, recht op de neus van Madonna. Met zweet in mijn handpalmen probeer ik de vlek weg te vegen, wat het alleen erger maakt zodat nu niet alleen de neus bruin is en groezelig, maar haar hele gezicht. Draai de glossy om en leg hem onder in de stapel. Rustig aan, waarom zo gespannen, en die angst om een bekende tegen te komen, betrapt te worden, laat toch los allemaal…

Bij Trix is geen enkele onrust merkbaar. Of ze bij de kapper zit in plaats van een kliniek waar ze naalden in haar gaan steken. Aandachtig leest ze een tijdschrift, ondertussen slokjes koffie drinkend.

Of we willen meekomen. In de deuropening een assistente in het wit, haar haren opgestoken. Ze draagt gymschoenen, net als verpleegsters in een ziekenhuis.

Mijn maag trekt samen. De vrouw achter de palm knikt als teken van groet. Wil wel terugknikken, maar kan dat niet. Te veel gedachten in mijn hoofd. Waarom heb ik me laten overhalen, waarom ben ik meegekomen? Waarom?

Trix loopt achter de assistente de trap op, kind aan huis in de botoxkliniek. Ze praten over het weer, het verkeer, de files. Kortom, hetzelfde gesprek dat je altijd voert met dokters- of tandartsassistentes.

Ook de spreekkamer is doodgewoon, precies als bij de huisarts. Bureau in het midden, ervoor twee stoelen, lamellen, aan de muur een schilderij, abstract – té naar mijn smaak, kan niet bedenken wat het voorstelt – maar de kleuren zijn mooi, expressief. De vrouw achter het bureau heeft niets dokterachtigs, hoewel ze er wel een is. Alle botoxprikkers hier zijn arts, daarom gaat Trix juist naar deze kliniek toe.

Onze prikker heeft lange blonde haren tot over haar schouders en een breed gezicht. Haar leeftijd schat ik begin dertig. Jong nog. Haar ogen: heel licht, blauwgrijs. Ze knijpt ze samen tegen het zonlicht. Rimpels, constateer ik. Ze heeft gewoon rimpels. Minder dan ik natuurlijk. Maar toch. Geen barbiepop. Kan haar wel om de hals vallen.

Dat ik alleen voor een consult kom, zeg ik snel, bang dat ze een naald in me zal steken.

Ze lacht, ik hoef niet bang te zijn, geeft mij een spiegel in de hand. Wat zou ik anders willen als ik naar mezelf kijk?

Niets, niets, wil ik zeggen zonder te hebben gekeken. Maar vooruit, eerst kijken, niet vals spelen. Het licht van de zon dat naar binnen valt is meedogenloos, niets ontziend. Tja… Veranderen… Misschien die kraaienpootjes, niet helemaal weg maar iets minder. En onder de ogen, die wallen, kan ze daar iets aan doen? En de groeven boven mijn lip, waar de lipstick in samenklontert, ja, die groeven daar.

We kijken samen in de spiegel.

Vingers glijden over mijn gezicht. Zachtjes. Haar handen zijn koel, stevig.

Een wijsvinger betast mijn voorhoofd. Zij kijkt ernaar, ernstig en vol aandacht zoals dokters dat doen tijdens onderzoek. Ik wil dat ze altijd naar mij blijft kijken op deze manier, wil haar vingers blijven voelen zoals ze zich een weg zoeken langs de lijnen van mijn gezicht. Ik voel plotseling de aandrang om te huilen. Bijt op mijn lippen.

Heb altijd gedacht dat botox de enige injectable op aarde was, maar nee, helemaal fout, er zijn tientallen, de ene nog ingewikkelder om uit te spreken dan de ander. Of ze kleuren op een schilderspallet aanwijst, vertelt deze dokter welke geschikt is voor elk deel van mijn gezicht. En, zegt ze ten slotte, als ik u was zou ik het jukbeen ook iets opvullen.

Trix bekijkt alles vanuit haar stoel, de benen over elkaar geslagen, en knikt vol instemming mee met alles wat de dokter zegt. Ja, inderdaad, dat geeft je meer uitstraling.

En uw huid, bent u tevreden over de conditie van uw huid?

Mijn huid? Tja, die is te droog. Wat ik er ook op smeer, dure crèmes of niet, die droogheid krijg ik niet weg. Nee, tevreden ben ik niet, maar is er wat aan te doen, een andere injectable?

Weer lacht ze, deze hoogblonde vrouw met haar enkellaarsjes. Injectables zijn geen tovermiddelen. Nee, voor de huid is er een laserbehandeling. Dat kan ook hier gebeuren, bij de huidtherapeut.

Trix laat zich behandelen. Botox rondom de ogen en daarna iets in haar lippen waarvan ik de naam direct vergeet. Ze zit achterover in een stoel die lijkt op die van de tandarts.

Ik lees de pijn af van haar gezicht waarin wordt gespoten. Pijnloos prikken, zoals beschreven in de folders, bestaat niet. Dat weet ik nu. Als ze van de stoel af komt, ziet ze eruit of iemand haar heeft gestompt. Overal blauwe plekken en putjes.

Of ik ook meteen...?

Geen sprake van. Ik maak een afwerend gebaar.

De rekening: 550 euro. Trix haalt haar pasje door het pin-apparaat of ze een paar boodschappen heeft gedaan bij de supermarkt. Nu begin ik haar geldproblemen in een ander daglicht te zien... Hoelang blijft ze nu rimpelloos, vraag ik haar.

Zeker een halfjaar, antwoordt de dokter in haar plaats. Mocht ik direct een afspraak voor mezelf willen maken, dan kan dat.

Ik schud mijn hoofd. Nee, ik wil geen afspraak.

En? Trix kijkt me even aan, daarna richt ze haar blik weer op de weg.

Ik weet niet wat ik moet antwoorden. Dat komt doordat ik zoveel op mijn lever heb. Ik wil zeggen dat zij moet op-houden met botox, dat ze het niet nodig heeft – sterker nog, dat niemand het nodig heeft. Wil zeggen dat ik haar rimpels mooi vind en dat ze nu weggespoten zijn en dat dit jammer is. Het gezicht dat ze nu heeft, dat gezicht dat ze zo heeft la-ten pijnigen, is niet het hare. Waar zijn de lachrimpels, waar zijn de medailles van haar leven?

Al deze dingen liggen op het puntje van mijn tong.

Ze kijkt opnieuw naar mij. Haar ogen glinsteren, de ver-veelde blik is verdwenen.

Ik doe er het zwijgen toe en begin te neuriën.

– 23 –

Zoon wil op kamers. Hij weet al waar en met wie. Twee vrienden van school.

Of dit wel een goed idee is, vraag ik en voel de leegte van zijn vertrek nu al prikken in mijn ingewanden. Het huis uit, weet hij het zeker?

Mam, ik ben tweedejaars student...

Wanneer denk je te gaan? vraag ik zo terloops mogelijk.

Hij haalt zijn schouders op: Zo gauw mogelijk.

Of het hier een spookhuis is, een *house of horror* dat je maar beter meteen kunt verlaten.

En je vriendin?

Wat is er met haar?

We zitten samen op de bank, hij ligt languit, weer met zijn voeten op mijn schoot. Zijn favoriete positie. De televisie staat aan, niet om naar te kijken maar als achtergrond. Het praat makkelijker zo, ongedwongen.

Nou, eh... Wat vindt zij ervan?

Zij is allang mijn vriendin niet meer, mam.

Dat had je me wel eerder mogen vertellen, denk ik, al die avonden dat ze hier de boel terroriseerde met die kauwgumbellen. Nooit iets gezegd, want ja, het was jouw vriendin, dus wilde ik dat zij zich thuis zou voelen. Maar leuk was het niet. En nu, uit dus. Waarom, wanneer, waar? Allemaal vragen die ik niet stel. De vriendin komt later wel, eerst maar eens zijn kamerplannen.

We zien je toch nog wel als je op kamers woont? Ik bedoel het als grap maar er valt een stilte. Geen antwoord. Een rimpel in zijn voorhoofd. Moet hij daarover nadenken?

Ik kom heus wel op je verjaardag, antwoordt hij ten slotte.

Dan verlaag ik mezelf tot het moederkloekgedrag dat ik haat. Ik zeg dat hij toch zeker ook met Kerstmis bij ons is en de zondagen en…

Mam, we zien wel, ik ben nog niet weg. Hij staat op, moet huiswerk maken.

De echtgenoot meent dat het hoog tijd wordt dat zoon weggaat. Waarom niet?

Omdat, pruttelt het in mijn hoofd, omdat onze zoon helemaal niet zelfstandig is, weet niet eens hoe een wasmachine werkt, kan niet koken, om van het huishouden nog maar niet te spreken. Mijn fout natuurlijk, had ik hem moeten leren maar wie bedenkt dat hij het zo snel voor gezien zou houden bij ons? Straks heb ik er naast mijn moeder nog een zorggeval bij.

Hou toch op, luidt zijn commentaar. Niemand vraagt dat van jou. Onze zoon is niet hulpbehoevend. Loslaten moet je. Trouwens, besluit hij, jij ging er toch ook vandoor toen je zo oud was?

Die avond vraagt hij waarom ik huil. Ik antwoord dat mijn moeder kanker heeft, dat het logisch is dat je af en toe huilt als je moeder bijna dood is.

Schrik op zijn gezicht. Natuurlijk, huil maar uit, kom, kom. Hij trekt me in zijn armen, die armen waar hij me al dertig jaar intrekt. Zachtjes huil ik verder.

Volgende maand gaat zoon verhuizen.

Zo snel al, vraag ik. Hoe kan dat? Simpel – in het leven van zoon is alles simpel – hij kan in onderhuur bij een vriend die een jaar gaat reizen. Het is vlak bij de Bijlmerbajes, in een complex van studentencontainers.

Diezelfde avond gaan we kijken. De hele familie bij elkaar. Dat gebeurt zelden tegenwoordig. Het complex ziet er vrolijk uit, lampjes overal, muziek. Het is wel dicht bij de bajes, zeg ik, en bij het clubhuis van de Hells Angels.

Een sneltrein dendert door mijn leven, alles wordt overhoopgegooid, zowel in mij als om mij heen. Een kookset moet hij hebben, borden, glazen ook natuurlijk. Die oude bank, als wij nu een nieuwe kopen… Zoon zelf blijft er rustig onder. Helemaal niet nodig, mam. Er staat van alles in die kamer. Het gaat om ónderhuur, weet je nog? Ja, ja, maar toch… Een paar eigen spullen, al is het alleen maar dat je iets van jezelf hebt, je thuis kunt voelen. Zoon haalt zijn schouders op alsof hij wil zeggen: als het dan per se moet, ga je gang maar.

De dag waarop hij het huis verlaat is een mooie herfstdag. Kijk hem daar in de badkamer. Zijn pyjama nog aan. Dat zal niet vaak meer gebeuren, gaat het door mij heen, dat hij in onze badkamer staat met mij erbij. Waarschijnlijk nooit meer. Mijn hand glijdt over zijn arm, zijn biceps. Een lange jongen, met het voorkomen van een basketbalspeler, slank en lenig. Zijn pyjamabroek slobbert om zijn lichaam, af en toe trekt hij hem omhoog. Als hij zijn tanden wil poetsen, bonjourt hij mij de gang op.

Even later komt er een Volkswagenbusje voorrijden. Een vriend voorin, twee anderen op de achterbank. Genoeg hulp, stel ik vast. Na een bak koffie gaan ze aan de slag. Het gaat snel, veel spullen heeft hij niet. Ik rij achter het busje aan met een paar planten. Een kamer zonder planten kan echt niet.

In zijn kamer ruikt het muf. Ik doe een raam open, zet de planten in een hoek op de grond. Vanuit een aangrenzende kamer klinkt muziek: house. In de gang lopen jonge mensen, studenten, meisjes en jongens. Zoon en vrienden zeulen af en aan met boeken, kleren. Voor mij valt hier niets te doen, ik ben overbodig.

Dag, tot gauw. Geen kus, te kinderachtig. Ik stap in de auto en rij naar huis.

Vanavond ga jij mee naar Paradiso, zegt Trix. Zo'n eerste avond zonder zoon moet je niet thuisblijven. Haar toon is stellig: of ze al jaren ervaring heeft met moeders wier zonen het huis uit zijn.

Paradiso? Mooi niet, denk ik. Ik wil vroeg naar bed.

Weet je wat een djembé is?

Geen flauw idee, voeg ik daaraan toe, en ik wil dat ook niet weten.

Afbreken dit gesprek, misschien belt hij op dit moment, wil hij iets vragen en ben ik onbereikbaar. Het is per slot zijn eerste avond uit huis, alleen op een kamer.

Trix dringt aan. Of ik alsjeblieft, alsjeblieft, nog even wil luisteren, want ze weet zeker, helemaal zeker, dat ik hiervan zal opknappen. Een djembé is een Afrikaanse trommel, zo'n heel grote. Het is geweldig hoe die tekeer kan gaan. En vanavond is heel Paradiso daar vol mee. Zij gaat erheen met een nieuwe kennis, een Afrikaan. Die speelt zelf djembé. Kom op, ga mee, echt iets voor foute Sarahs.

Door de telefoon heen hoor ik getrommel. Dat zal die Afrikaan zijn, waar zou ze die nu weer hebben opgeduikeld? Die energie van haar, ik kan er niet aan tippen. Sterker nog, het put me uit, altijd iets nieuws, trommels dit keer. Afrika. Het zal allemaal wel. Voor het eerst sinds mijn vijftigste verjaardag voel ik me echt oud. Of mijn hele lichaam het uitschreeuwt. Mijn botten, DNA: we gaan al meer dan vijftig jaar mee, wij zijn moe, heel erg moe.

Ga jij maar lekker naar Paradiso, Trix, ik kies voor een avondje bankhangen, wil ik zeggen. Ik hoop dat ik me verstaanbaar kan maken door die trommelsolo heen.

Het nieuws begint! Mijn dochter vanuit de woonkamer.

En, ga je mee? De stem van Trix, hijgend of ze aan het dansen is.

Bankhangen, de hele avond, wil ik dat, echt? De leegte slurpt me nu al op, dat avondeten met z'n drieën, en straks zijn kamer waarin geen licht wordt aangedaan, waar het donker blijft. Misschien heeft Trix gelijk, moet ik weg, het huis uit.

Als ik zeg dat ik meega, juicht Trix.

Paradiso, wat ga je daar doen? Mijn echtgenoot kijkt me aan of ik net heb verteld een reisje naar Mars te gaan maken.

Naar djembés luisteren, antwoord ik en loop weg naar boven, heb geen zin om het uit te leggen.

Ik ga niet mee hoor, roept hij mij na.

Je bent helemaal niet uitgenodigd, wil ik terugroepen maar slik dat in en haal een borstel door mijn haar.

Daar gaan we: Trix, haar Afrikaanse vriend Django en ik. Django is donker, hij is blauwachtig zwart. Komt uit Guinee, spreekt een beetje Nederlands en Engels met een zwaar accent, wat hem moeilijk verstaanbaar maakt. Maar geen nood. Elke keer als ik hem niet begrijp, komt er vanuit zijn buik een lach zo meeslepend dat ik vanzelf meelach. Het meest opvallend aan hem is zijn haardracht, lange vlechten tot op zijn onderrug. Rastaman. Bij het lachen schudden ze mee.

Of ik hem op Bob Marley vind lijken, vraagt hij, wijzend op zijn haren.

Ja, knik ik om hem een plezier te doen. In werkelijkheid heeft hij niets van Bob Marley, die klein was en fragiel. Deze man heeft het postuur van een bokser, een Mohammed Ali. In één hand van hem passen er twee van mij.

Hij vertelt dat hij Trix heeft leren kennen via haar werk, school, hij geeft daar djembéworkshops. Of ik ook lessen bij hem wil volgen.

Nee, antwoord ik direct. Stel je voor, ik, trommelen op een

djembé… Tot een paar uur terug wist ik niet eens wat dat was, dat die dingen bestonden, nee, nee.

Trix parkeert op de Weteringschans. We lopen naar Paradiso. De djembéman loopt in het midden, heeft zijn armen over onze schouders geslagen. Trix en ik zijn allebei zeker anderhalve kop kleiner dan hij. Ik vraag me af hoe wij eruitzien in de ogen van anderen. Het kan niet anders of het moet een vreemd gezicht zijn, een meterslange Afrikaan met aan elke kant een foute Sarah die haar best moet doen om hem bij te houden op te hoge hakken.

Een wolkeloze hemel. Je ziet de maan schijnen, bijna rond. Het is een avond die verwachtingen oproept. Doordrongen van een belofte. Er gaat iets gebeuren. Magie in de lucht.

Django lacht, hij lacht de hele tijd. Geen idee waarom, maar vrolijk is het wel. Trix en ik raken aangestoken, lachen met hem mee. Bij Paradiso sluiten we aan in de rij, hij nog steeds met zijn armen over onze schouders, zijn handen bungelen naar beneden als grote kolenkitten. Hij kan makkelijk een steen verbrijzelen met zo'n hand, of een tafel kapotslaan.

Vanuit mijn ooghoeken naar hem glurend, vraag ik me af hoe oud hij is. Ik weet het werkelijk niet. Bij zwarte mensen vind ik leeftijd lastig in te schatten, bij Chinezen ook trouwens. Django ruikt naar aftershave, een frisse lucht, fruitig. Ik kijk naar zijn bakkebaarden, hoe ze krullen. Eenmaal binnen, haalt hij meteen drankjes.

Wat een gentleman, merk ik op.

Trix knikt en zegt dat ik hem beslist een keer djembé moet zien spelen, dat ik niet zal weten wat ik meemaak. Ga op les, kun je lekker al je agressie eruit meppen.

Draaf niet zo door, wil ik zeggen, maar in plaats daarvan haal ik mijn schouders op. Ik wil me niet ergeren vanavond, niet aan Trix, haar toon, haar stelligheid, nergens aan eigenlijk.

Rondkijkend zie ik dat Paradiso amper is veranderd sinds pakweg vijfentwintig jaar geleden. Het laatste concert dat ik hier meemaakte was van die Jamaicaanse zanger, de man die samen met Mick Jagger heeft gezongen, hoe heet hij ook alweer? Dat geheugen van mij gaat met de dag achteruit. Peter Tosh, ja, dat was hem. Nooit meer iets van gehoord, weet niet eens of hij nog leeft.

Zoete geuren van marihuana en hasj dringen mijn neus binnen. Rastamannen om mij heen, vrouwen ook met lange vlechten of het haar opgestoken in een soort Betty Boop-stijl.

Trix wijst naar het podium. Kijk, kijk, daar staan ze.

Er staat een rij trommels opgesteld. Groot inderdaad, trechtervormig en overspannen met vlechtwerk. Ik loop ernaartoe, wil er eentje aanraken, maar dat mag niet, zegt Django terwijl hij mij een witte wijn aanreikt. Voor zichzelf heeft hij niet een maar twee biertjes gehaald en hij drinkt ze achter elkaar op.

Om zijn vingers glinsteren ringen met grote stenen erin. Als hij ziet dat ik ze bekijk, begint hij uit te leggen wat voor stenen het zijn, maar ik kan hem niet verstaan. Er is te veel tumult, de band komt op.

Plotseling is het hele podium zwart, er staan minstens tien Afrikanen en ze hebben allemaal dezelfde zware lichaamsbouw als Django. Dat de band uit zijn land komt, fluistert hij in mijn oor, uit Guinee. Dat zijn de beste djembéspelers, let maar op. Hij maakt een gebaar met zijn hoofd richting de mannen, die de trommels oppakken en tussen hun dijen steken.

Of hij ze persoonlijk kent, fluister ik en besef direct wat een stomme vraag dit is. Net zoals buitenlanders denken dat alle Nederlanders elkaar kennen en stomverbaasd zijn dat je nog nooit hebt gehoord van ene Piet uit Eindhoven, maak ik nu dezelfde fout.

Django schudt zijn hoofd. Niet persoonlijk, wel van naam. Het is een heel bekende band, in Guinee kent iedereen ze.

Ik merk pas dat Trix niet meer naast mij staat als de band begint en ik haar wil aanstoten, wil laten weten dat er iets gebeurt met mij, in mij, als de eerste djembéklanken door Paradiso schallen. Het geluid van de trommels nestelt zich in mijn buik, mijn ingewanden. Ik kan niet anders dan bewegen, dansen, de trommels volgen, als een willoos wezen dat moet gehoorzamen aan hogere wetten.

Ook Django danst. Het duurt niet lang of we dansen samen. Door de drukte worden we naar elkaar toe gedreven, geen ontsnappen aan. Sommige mensen zullen het misplaatst vinden, ongepast misschien, een vrouw als ik met deze man, zijn onderlichaam tegen het mijne, dwingend, eisend. Mijn heupen vinden als vanzelf die van hem. De intensiteit waarmee Django danst is opwindend. Hij is een en al concentratie, zoekt de grenzen van het ritme op, daagt de klanken als het ware uit. Zijn ogen zijn gesloten. Zweet op zijn voorhoofd, ook onder zijn oksels is het nat.

Pas als de band pauzeert, staan we stil. Hij maakt me een compliment, ik wuif het weg, heb alleen de drums gevolgd, meer niet. Hij zegt iets over frisse lucht, toilet en loopt de zaal uit.

Een prik in mijn rug. Trix. Goed idee, hè, om hiernaartoe te gaan?

Ik knik en voel trillingen door mijn lichaam gaan.

Die nacht droom ik over Django. Deze Django, mijn droom-Django, is nog groter dan de echte. Hij ziet er bloeddorstig uit, of hij mij aan stukken wil scheuren met zijn blote handen.

De droom speelt zich af op het strand van een of ander eiland. Ik ben de enige blanke, enige vrouw ook, om me heen: zwarte mannen. Overal waar je kijkt. Ze staren me aan, allemaal. Hun oogwit is geel. Dan, of ze gehoorzamen aan een bevel dat alleen zij horen, stormen ze op mij af, Django voorop.

Paniek. Ik begin te rennen, struikel, sta op, ga door. Aan de andere kant van het strand is het veilig, daar waar de huizen beginnen, de wereld weer bewoond is. Ik heb moeite met bewegen, kan mijn voeten bijna niet optillen. Het zand trekt me naar beneden, als drijfzand, verder en verder de diepte in. Achter mij hoor ik ze, de negers die mij op de hielen zitten, hun ademhaling weergalmt in mijn oren.

Wakker.

Opluchting.

Net als vroeger in mijn kindertijd: gelukkig, het is maar een droom. Ik haal diep adem. Dan word ik overvallen door de werkelijkheid. Zoon is het huis uit. Zweet prikt tegen mijn slapen, ik lig op mijn rug en voel mijn hartslag. Op de achtergrond snurkt de echtgenoot, een zachte haast melodieuze snurk, ik draai me naar hem toe en verstop mijn hoofd in zijn hals.

Ik bel Trix om te vertellen over mijn droom. Eigenlijk wil ik het alleen kwijt, meer niet. Een luisterend oor. Maar Trix begint meteen te psychologiseren. Dromen duiden kan ze natuurlijk ook.

Het zit zo, in mijn onderbewustzijn: de agressie van Django staat voor de seksuele aantrekkingskracht die hij op mij uitoefent. Het kan niet anders of ik voel me vreselijk tot hem aangetrokken, op het obsessieve af. Spannend hè?

Spannend? Niets ervan. Dat ik het flauwekul vind, luidt mijn antwoord. Net zoals astrologie, waarzeggerij en dat soort geleuter. Ik heb geen boodschap aan deze huis-, tuin- en keukenpsychologie. Al pratend sta ik versteld over mijn eigen woorden. Ze rollen mijn mond uit of ze daar al jaren lagen te wachten op een kans om eindelijk te worden uitgesproken. Niets voor mij, deze directheid.

Dat vindt Trix kennelijk ook, want ze besluit, op een toon minder vriendelijk dan normaal, dat ze het erg druk heeft en moet ophangen.

Nooit gedacht dat ik zoiets tegen Trix zou zeggen, maar ik meende het, elk woord. Het komt vast door de drums, die hebben iets in mij losgetrild. Niet alleen heb ik gister de hele avond aan een stuk door gedanst, ik heb me ook opgegeven voor djembéles bij Django.

– 24 –

Overdag valt het mee, mijn leven zonder zoon. De avonden zijn niet om door te komen. Zo ook de weekenden.

Mijn echtgenoot blijft er nuchter onder. Natuurlijk mist hij zijn zoon, maar dat slijt wel, zo gaat dat nou eenmaal in het leven.

Slijten? Hoezo? Dat wil ik helemaal niet. Slijten betekent: weg, helemaal, ook uit mijn hoofd. De pijn van het gemis is mij liever dan zijn absolute afwezigheid. De ogen van de echtgenoot staan troebel. Hij probeert mij te volgen, zegt dat hij mij begrijpt.

Ik geloof er niets van.

Hij ziet er moe uit. Vermoeid, uitgeput. Het is net of hij in een paar dagen tien jaar ouder is geworden. Ik zeg het tegen hem.

Hij knikt. Klopt. Hij voelt zich alsof alle energie uit zijn lichaam is verdwenen. Laten we vanavond lekker vroeg naar bed gaan, zal jou ook goed doen, stelt hij voor met een glimlach.

Bij die woorden voel ik me verdwijnen, oplossen in het niets. Wordt dit ons leven, onze toekomst, vroeg naar bed, veel slapen? Glaasjes lauwe melk. Niet, nooit!

Dat ik een beter idee heb, antwoord ik. Juist niet slapen, maar uitgaan, de stad in, een film pikken, zomaar de eerste de beste. Ik herinner hem eraan dat ik zo heerlijk heb gedanst vorige week in Paradiso en voeg daaraan toe dat ik op djembéles ga. Kom ook, stel ik voor.

Hij lacht, kort en schor. Geen vriendelijke lach. Wat moet hij in godsnaam met een djembé? Trouwens, wat moet ik ermee? Trommelen is iets voor tieners. Wordt het geen tijd om die obsessie, die eeuwige jeugd, op te geven? Ik kan toch niet blijven vluchten voor mijzelf, mijn leeftijd.

Hij kwetst me. Expres. Dat kan niet anders. Misschien doet hij dit omdat hij moe is of omdat hij pijn heeft, verdriet over het vertrek van zijn zoon.

Dochter staat voor me, twee handen in haar zij. Het is geen knap meisje, niet mooi zoals mensen dat definiëren, maar aantrekkelijk is ze wel. De uitdagende, zelfbewuste blik in haar ogen maakt dat ze niet onopgemerkt blijft. Mensen zullen denken: Hé, wie is dat meisje? En haar haren, die volle bos met daaronder wenkbrauwen zo fijn dat ze geëpileerd lijken, maken de verleiding compleet. Onweerstaanbaar is ze, in elk geval voor mij.

Kom op, mam, vandaag gaan we zijn kamer opknappen, verven en zo. We maken er een *chill room* van.

Chill room. Ik knik, wil niet vragen wat dat is, zoveel leedvermaak gun ik haar niet, iets met ontspanning, gok ik. Mooi, vooral doen, maak er een en al *chill* van, geweldig, als je mij er maar buiten laat.

Dus doen we het, gaan we ervoor?

Jij, jij gaat ervoor. Ik chill wel in deze kamer, gewoon hier op de bank.

Zijn kamer opknappen, moet er niet aan denken. Eigenlijk wil ik dat niets in zijn kamer anders wordt, dat alles hetzelfde blijft – of hij nog thuis is, of niets is veranderd.

Doe niet zo saai, verven is beter voor je dan depressief op de bank hangen, zucht ze en rolt met haar ogen of ze wil zeggen: Sta toch op, slome.

Depressief, hangen… Waar haalt ze het vandaan? Op het moment dat ik haar van repliek wil dienen – dat ze er geen enkel benul van heeft wat het betekent om een depressieve moeder te hebben – krijg ik een inzicht. Deze dochter, dit kind, staat dichter bij me dan ik voor mogelijk hield. Zij kijkt recht mijn ziel in, ziet dat ik verdriet heb en dat probeer te camoufleren zoals je dat doet met een puistje. Waarschijnlijk ziet ze ook de tranen die niet verder komen dan mijn keel en dan worden weggeslikt of ze nooit hebben bestaan.

En het vreemde is: mijn echtgenoot ziet niets van dit alles. Na al die jaren samen merkt hij nog steeds niet wanneer mijn ziel pijn heeft. Hij kijkt niet door de façade heen, trapt blindelings in alle vallen die ik leg, de afleidingsmanoeuvres. Als ik zeg het wel lekker rustig te vinden zonder zoon in huis, beaamt hij dat, vraagt niet door.

Terwijl alles wat ik wil, écht wil, is dat hij me ontmaskert, dat hij mijn leugen doorziet. Dat hij zegt: Hoezo rustig zonder zoon, je kwijnt weg.

Vraag ik te veel? Kun je van iemand verwachten dat hij weet wat er in je omgaat als je dat niet laat blijken? Nee, natuurlijk niet. Maar fijn zou het wel zijn...

We verven en verven, dochter en ik. Een heel weekend lang. De muren worden blauw, heel licht azuur. Het plafond krijgt een extra laagje wit en de deur maken we beige. Onze haren zitten onder de verfspatten en ons hele lichaam ruikt naar terpentine.

Wanneer het karwei klaar is, voel ik me inderdaad een stuk beter. Pluim voor mijn dochter. We zitten op de grond, genieten van het werk dat we verzetten.

Biertje? vraagt dochter en snelt zonder op antwoord te wachten naar beneden.

Terug met twee flesjes. Ze zet het hare aan de mond of ze nooit iets anders doet. Veegt haar mond af met de rug van haar hand. Zou ze veel drinken? vraag ik me plotseling af. En wat? Alleen bier of ook sterker spul?

Er ontglipt haar een boer. Logisch, ze dronk de hele fles in twee teugen leeg. Lachend verontschuldigt ze zich.

Glimlach terug maar voel onrust. Ik ben nog niet eens op de helft en zij heeft alles al op. Moet het er toch een keer over hebben, haar drankgebruik, en dan tegelijk maar eens informeren naar de rest: pillen, joints. Maar niet nu. Nee, nu niet.

Zondagavond. Zoon komt thuis – of beter gezegd: op bezoek, want zo voelt het, tenminste in het begin. Onwennig. Moet ik hem iets aanbieden om te drinken, te eten?

Hou op, mam, dat pak ik zelf wel. Hij beent naar de keuken, waar hij net als vanouds de koelkast openrukt en erin duikt. Even later zie ik hem vanuit een ooghoek de ketchupfles pakken en die bijna leegspuiten op zijn bord.

Als hij op de bank neervalt, heeft hij het halve bord al leeg. Het schijnt normaal te zijn bij puberjongens, die gulzigheid. Na al die dagen van leegte vol ik me weer vol. We zijn compleet, we zijn samen. Vier paar voeten op het tapijt. Er wordt door elkaar gepraat, het journaal is niet te volgen, de echtgenoot zet het geluid harder, waardoor er nog luider wordt gesproken. Een doorsnee zondagavond, zoals we die jarenlang hebben meegemaakt. Waarom besef je pas wanneer het voorbij is hoe fijn het allemaal was, hoe bijzonder ook. Zo'n familie, vier mensen, door het lot samengebracht, die vanzelfsprekendheid.

Dat hij maar eens in zijn kamer moet gaan kijken. Zijn zus maakt een hoofdbeweging naar het plafond.

Ik zie hem schrikken. Hij vliegt weg. Neemt zeker twee treden tegelijk, te horen aan de snelheid waarmee hij naar boven klimt. Gebonk boven ons hoofd. Voetstappen naar links, rechts. Een deur die wordt gesloten.

Naar beneden gaat het een stuk langzamer. Al in de deuropening vraagt hij wat we met zijn kamer hebben gedaan. Even denk ik dat hij in huilen zal uitbarsten. Mijn grote jongen, de tweedejaarsstudent, kijkt bedremmeld als een peuter die zojuist zijn ijsje in de goot heeft laten vallen.

Geverfd, anders niet, antwoord ik snel alsof ik me moet verontschuldigen.

Maar jullie hebben niets aan mij gevraagd, brengt hij uit, het is toch mijn kamer.

Zijn zus, koeltjes: dat hij het huis uit is, wat maakt het hem dan nog uit wat wij doen met zijn kamer?

Dat het daar niets mee te maken heeft, antwoordt hij en blijft de hele avond lang kijken alsof hem groot onrecht is aangedaan.

Djembéles, de eerste keer. Een buurthuis in de Pijp. De trommels zijn al aanwezig, Django nog niet. Het valt me tegen dat er alleen vrouwen zijn en allemaal blank. Een zaaltje vol blonde dames. Ik schat dat ik de oudste ben, daarin had mijn echtgenoot gelijk, maar tieners zijn hier niet te bekennen. De gemiddelde leeftijd zal rond de dertig liggen. Een van de vrouwen is zwanger, de laatste maanden. Zou een foetus dat leuk vinden, dat getrommel?

Wanneer Django binnenstapt, is iedereen op slag stil. Of Zeus is afgedaald van de Olympus. Vol bewondering kijken de dames naar deze man die zijn wilde rastabos in model probeert te brengen door de staarten vast te draaien in een wrong achter op zijn hoofd. Hij draagt een kaftan met daarop alle kleuren van de regenboog. Het is een lang gewaad tot net boven de enkels. Zijn voeten steken in teenslippers. Hij ziet er anders uit dan de Django die ik ken uit Paradiso. Daar was hij, denk ik, meer zichzelf, hier hangt hij overduidelijk de exoot uit, de Afrikaan pur sang. Enfin, het is business en het loont, te oordelen aan het effect dat hij heeft op deze vrouwen.

We maken oogcontact, glimlachen even.

De les begint. Niet met trommelen, zoals ik verwachtte, maar met stretchoefeningen. We moeten de spieren losmaken, want djembéspelen, daarvoor moet je fit zijn, herhaalt Django een paar keer met een blik alsof dat nog een zware klus zal worden – voor ons dan, zelf doet hij niet mee aan de warming-up. Hij beperkt zich tot instrueren in zijn half Engelse, half Nederlandse taaltje.

Dan, eindelijk, mogen we voor een djembé gaan zitten. Met mijn vingers strijk ik over het geitenvel waarmee de trommel is bespannen. Het voelt even taai als mijn eigen huid.

Op de grond laten staan, je djembé, roept Django, iets naar voren kantelen en vasthouden met je knieën. Nu gaat hij zelf ook naar een djembé toe, neemt zijn positie in, laat een paar klankvariaties horen door afwisselend met zijn vingers en zijn vlakke handen te slaan. Slaan is het woord eigenlijk niet, het is meer liefkozen, of hij de djembé verleidt, opwindt en meevoert naar een hoogtepunt zoals je dat doet met een minnares.

We beginnen met de juiste handzetting. Hij moet me daarbij helpen, ik ben de enige beginner, de anderen weten al hoe het moet. Zijn rastavlechten vallen over mijn schouders als hij mijn vingers herschikt zodat ze goed zijn opgesteld, klaar om de oergeluiden van Moeder Aarde de ether in te schallen.

Makkelijk is het niet, verre van dat, maar als ik mijn eerste trommelbewegingen maak en iets van muzikaal geluid uit de djembé weet te halen, voel ik: dit is mijn instrument, dit is het helemaal.

Na afloop komt hij naar mij toe. We schudden handen. Hij lacht. In het daglicht zie ik dat hij een gouden hoektand heeft. Borstharen door zijn kaftan heen.

En?

Er wordt gegroet, hij draait zich om en steekt een hand omhoog. Tot volgende week.

Heerlijk. Een ander woord heb ik er niet voor, bestaat niet. Ik tintel van top tot teen. Mijn handen schrijnen maar het is pijn waarvan je kunt genieten.

Django steekt zijn duim omhoog. Goed gedaan voor eerste keer, *very good*. Even kijkt hij mij peinzend aan en vraagt dan of ik niet liever privéles wil, bij hem thuis. Dan zal ik het sneller leren, als een *fast car*. Lachend bootst hij het geluid van een auto na.

Iets weerhoudt me ervan om direct ja te zeggen. Maar dat duurt maar even.

Dat ik dat wel wil, antwoord ik, graag zelfs.

De affaire Django, zoals het in mijn geheugen gegrift zal staan, is geen bom die ineens ontploft. Het is meer een gif dat zich langzaam een weg vreet naar de fundamenten van mijn bestaan. Want wat gebeurt er? Ik praat over hem. Te veel. Ik vertel over de djembé, niet alleen over de trommel zelf maar ook over de achtergronden, over Afrika. Te veel. Ik raak niet uitgepraat over mijn privélessen. Inderdaad krijg ik daar het trommelen sneller onder de knie dan ooit mogelijk zou zijn in een buurthuis. De zwijgzaamheid aan tafel wanneer ik uitwijd over mijn nieuwe hobby, had een waarschuwing moeten zijn. Ze zijn het zat, mijn manie, maar er is meer aan de hand.

Django woont in een oude loods in Amsterdam-Noord, geen buren, ideaal voor djembésessies. Hij huist er alleen en of er ergens een mevrouw of kindertjes Django rondlopen, kan ik niet achterhalen. Hij is gesloten over zijn eigen leven en lacht mijn vragen weg met zijn bulderlach die alle rastavlechten doet schudden. Thuis heeft hij slechts één djembé, maar het is een traditionele, handgemaakt en afkomstig uit Guinee. Heel iets anders dan de fabrieksmatig geproduceerde trommels uit het buurthuis. En dat hoor je. De klanken zijn warmer, feller ook.

Of de djembé een direct lijntje heeft naar mijn hart, gaat dat altijd harder slaan als het mijn beurt is om te trommelen. Het doet iets met me, maakt een gevoel los dat ergens opgeborgen zat in de catacomben van mijn onderbewustzijn. Of ik weer kind ben, los, of ik buiten speel: dezelfde vrijheid, geen horizon, alles is mogelijk.

Een keer per week rij ik naar Amsterdam-Noord, en ja, ik verheug me erop. Niet alleen op de djembé maar ook op wat daarna gebeurt, het zelfgebrouwen bier dat wordt geserveerd in een kalebas. Popcorn erbij, wierook, Afrikaanse muziek, Fela Kuti, op de achtergrond en Django die vertelt over Guinee, het dorp waar hij vandaan komt, zijn moeder, zusje… Vooral over zijn zusje praat hij graag. Selena heet ze. Een mooie naam.

Ons majoretteke, noemt de echtgenoot mij sinds ik op djembéles zit. De spot spat ervan af.

Ik negeer het, hem. Totdat… We zitten aan tafel. Het avondeten. Nog altijd onwennig omdat de vierde stoel, die van zoon, onbezet is.

Of ons majoretteke de servetten wil doorgeven. Het is de

213

eerste keer dat hij mij zo noemt waar dochter bij is.

Wat een majoretteke is, vraagt zij, van mij naar hem kijkend.

Een domme griet die op een trommel slaat, zegt hij meteen, alsof het een zin is die hij heeft ingestudeerd.

Niet-begrijpend kijkt ze mij aan. Waarom noemt papa jou zo, zie ik haar denken, wat heb jij met een majorette te maken?

Een steekvlam in mijn maag. Ik sta op. Mijn stoel valt op de grond. Dat hij godverdomme zijn bek moet houden, dat ik kotsziek ben van zijn insinuaties.

Doe normaal, mam, zegt dochter met een gezicht zo rood dat het lijkt of ze koorts heeft. Ook de echtgenoot ziet er verhit uit, maar in zijn ogen lees ik tevens koelte, of hij niet onder de indruk is. Niet genoeg tenminste.

Dan doe ik het: ik pak mijn glas en smijt dat tegen de muur. Wijn druipt naar beneden. Het behang kleurt rood. Als je nog één keer dat woord in je mond neemt, dan gooi ik het hele glasservies aan scherven, schreeuw ik.

Nu kruipt er wel schrik in zijn ogen, dochter slaat de hare neer. Mama is gek geworden, zal ze denken. Maar het omgekeerde is waar. Mama is niet gek, absoluut niet, het is papa die aan het doordraaien is.

Natuurlijk heb je alleen jezelf met zo'n uitval. Laat in de avond, mijn huisgenoten liggen allang in bed, boen ik het behang schoon. Het helpt niet veel. Waarschijnlijk zal er altijd wel iets te zien blijven, als herinnering aan de dag waarop mama het niet meer pikte of – zoals dochter voor het naar bed gaan zo fijntjes opmerkte – hysterisch werd.

Of ik zulke scènes voortaan niet meer in haar bijzijn wil maken, vraagt ze op koele toon.

Hoezo, scènes? vraag ik. Want laten we eerlijk zijn, het is er maar eentje en tot nu toe de enige, tenminste qua intensiteit. Dat ik niet hysterisch moet gaan doen in haar aanwezigheid, verduidelijkt ze. Haar ogen sluiten mij buiten, een mist van afkeer om haar heen. Plotseling zie ik het. In niets is ze meer dat vlindertje, kleine meiske. Haar gelaatstrekken zijn niet langer rond als vroeger maar puntig. Niet alleen zij verandert voor mijn ogen, de kamer verandert mee. Of mijn hele wereld een gaatje strakker wordt aangetrokken. Zonder iets te zeggen loop ik weg en voel haar blikken prikken in mijn rug.

De dagen daarop vermijd ik de ogen van mijn echtgenoot. Ook die van mijn dochter. We zijn een familie geworden die langs elkaar heen kijkt. De echtgenoot en ik praten nauwelijks. Alleen het hoogst noodzakelijke wisselen we uit. Ik probeer zo min mogelijk thuis te zijn.

Mijn werk biedt afleiding. Wanhoop ook. Een nieuw project. Het klantensysteem moet worden geautomatiseerd.

Ik heb alleen verstand van communicatie, protesteer ik.

Dat maakt niet uit, Antoin schudt zijn hoofd, of hij al bij voorbaat al mijn tegenwerpingen ongeldig verklaart. Huur expertise in en doe het.

Sterretjes voor mijn ogen. Duizelig. Dat gebeurt vaak de laatste tijd. Sterren en vlekken of ik flauwval. Ook suist het in mijn hoofd. Een naar, zeurderig geluid.

Op een avond, diezelfde week, opent de echtgenoot het gesprek. We moeten praten.

Opluchting. Mijn middenrif ontspant. Natuurlijk moet dat, hadden we al veel eerder moeten doen, alleen mij ontbrak de energie en de wil ook om daar als eerste mee te beginnen.

Wat er toch met mij aan de hand is, dat ik zo veranderd ben, van een vredesduif een havik geworden. Sta ik te veel onder druk, is het die baan, de zorg voor moeder?

Dat allemaal, antwoord ik, maar ook iets in mij dat eruit moet. Ik ben het zwijgen beu, kan en wil niet terug naar dat harmoniemodel. De vredesduif, om in zijn beeldspraak te blijven, is dood.

Hij legt zijn hoofd in zijn handen, zucht en nog eens. Ik hou van zijn handen, ze zijn lang en smal. Het zijn precies de handen die bij hem passen, bij dat ranke lichaam. Dik zal hij nooit worden, altijd een beetje bonenstakerig blijven. Dat was ook zijn bijnaam op school: lulletje bonenstaak. Niet te geloven hoe lang we elkaar al kennen. Vanaf de brugklas. Gewoon vrienden toen. Verliefdheid, verkering, dat kwam allemaal later. Veel later. In Amsterdam.

Als hij zijn hoofd opricht, ligt er een bijna smekende blik in zijn ogen. Of ik alsjeblieft wil uitkijken met wat ik doe. Ik maak dingen kapot. Zijn stem klinkt schor als hij zegt dat niet alle scherven geluk brengen. Hij staat op, loopt met grote passen naar de deur, legt zijn hand op de deurknop en wil die naar beneden duwen.

Gaat hij weg? Is dit alles? Wij hebben amper gesproken. Niet samen tenminste. Hij heeft zijn zegje gedaan, maar ik…

Wat bedoel je in godsnaam? vraag ik en sta ook op, hijs me omhoog vanaf de poef, mijn lievelingsplek in huis.

Hij draait zich om. Een huivering door mijn lichaam. Niet van kou maar van hem, van de manier waarop hij kijkt, de uitdrukking op zijn gezicht.

Het is toch absurd, zegt hij en laat daarbij spuug ontsnappen, dat zijn vrouw avond na avond met negers aan het trommelen is.

Ik krimp ineen, heb het gevoel geen adem te krijgen. Is dit mijn man? Onherkenbaar. Wijdbeens staat hij in de deuropening. Zijn armen uitgestrekt boven zijn hoofd, aan weerszijden tegen de deurposten aan. Alsof hij zijn territorium afbakent, zijn grenzen bewaakt. Niemand mag erdoor, niet zonder zijn toestemming.

Is hij… Zou hij jaloers zijn? Bijna moet ik lachen, stel je voor, geen ingedut stel bejaarden maar een liefdeskoppel vol passie…

Wat het ook is, het maakt hem lelijk. Zijn ogen zijn opgezet, pafferig, waardoor de kringen eronder extra opvallen. De lippen krimpen tot een streep, dun en iel. Zijn borstkas gaat op en neer, onrustig. Hij struikelt over zijn woorden wanneer hij zegt nooit gedacht te hebben dat zijn vrouw zou vallen voor een zwartje. Dat laatste woord, zwartje, spuugt hij uit of het bedorven vis is.

Niet eerder heb ik hem op deze manier horen spreken, dit soort woorden uit zijn mond. Zwartje… Hoe komt hij daarop? Is hij racist geworden? Hoe word je dat trouwens? En waarom heb ik er niets van gemerkt?

Omdat ik blijf zwijgen, sprakeloos naar hem staar, windt

hij zich des te meer op. Dat vrouwen in de menopauze rare dingen kunnen doen, weet hij. Toch, zoals ik me gedraag, dat gedoe met die neger, gaat te ver.

In de stilte die volgt hoor ik hem ademhalen, zwaar en onregelmatig. Zweet op zijn voorhoofd. Zoals hij over ons praat, over Django en mij, wordt onze vriendschap gedegradeerd tot iets vunzigs, iets wat walging oproept. Alleen al door zo over Django te praten, maakt hij onze vriendschap dood.

Gestommel boven, dochter loopt heen en weer. Kan ze ons horen? Ik wil niet dat zij mee krijgt wat haar vader zegt over mij. Of hij in mijn gezicht heeft overgegeven.

Stilte. Geen geloop meer. Ze zal nu in bed liggen, het licht uitdoen – of nee, eerst bindt ze haar haren bijeen in een staartje, zodat ze niet in de klit zitten morgenochtend. Ze heeft net zo'n bos als ik. Ontembaar. Daarna wil ze nog even lezen waarschijnlijk, totdat ze moe wordt of er genoeg van krijgt.

Beneden, recht onder haar kamer, staan wij. Tegenover elkaar. Letterlijk en figuurlijk. De televisie is aan. Op tafel een fles wijn. Leeg. Hij heeft de hele fles alleen opgedronken. Wat drinkt hij toch veel. In het weekend zelfs twee flessen wijn op een dag. Hij kan het hebben, zegt hij.

Met mijn rug naar hem toe ga ik voor het raam staan. Een rode bestelbus rijdt langs. Ik druk mijn voorhoofd tegen het raam. Van opwinding is geen sprake, eerder van ijzigheid, of mijn hele lichaam is ondergedompeld in koelvloeistof, door en door koud.

Langzaam hervind ik mijn stem, rijg ik woorden aan elkaar tot een zin. Dat ik niet wil dat hij zo spreekt over mijn djembéleraar.

Hij vraagt wat ik bedoel.

Die racistische insinuaties, die moeten ophouden.

Verbazing. Racistisch? Waar heb jij het over?

Zoals jij praat over Django, woorden als 'die neger' of 'zwartje' – ik doe mijn best om zijn stem na te doen – zijn kwetsend en discriminerend. De man heeft een naam, net als ieder ander.

Na een korte stilte: Oké, oké. Als je het zo bekijkt... Stond ik niet bij stil. Sorry. Een haarlok over zijn voorhoofd, hondenblik in zijn ogen, de blik waarmee hij mij altijd ontroert, ontwapent. Maar dit keer niet. Ik ga verder, ben niet klaar, o nee... De rust in mij verbaast me, beangstigt me zelfs. Waar haal ik deze zelfbeheersing vandaan? De echtgenoot lijkt meer aangedaan dan ik. Hij, de nuchtere, degene die zijn emoties in de hand heeft, altijd en overal...

Waarom hij de menopauze erbij haalt, vraag ik. Omdat ik nu toevallig eenenvijftig ben en in de overgang zit, betekent niet dat alles wat ik doe daarmee verband houdt. Dat ik godverdomme ook nog een individu ben en niet alleen een menopauzekloon! schreeuw ik plotseling.

Weer voetstappen. Dochter moet ons horen en kan niet slapen. Het spijt me, schat, echt, maar het is even niet anders.

De stem van Clairy Polak, *Nova*. Interview met een bekende Nederlander. Vanuit mijn ooghoeken gluur ik. Wie is dat? Ken ik hem? Wil terug op de poef, televisiekijken, ophouden met dit gesprek, misschien, misschien wel met dit huwelijk.

Een spiertje onder mijn oog begint te trillen wanneer de echtgenoot zijn keel schraapt en eist dat ik met Django breek, dat ik ophoud met dat hele djembégedoe.

Maanlicht valt naar binnen, ver de kamer in, helemaal tot aan deurpost waarin mijn echtgenoot nog steeds staat, in dezelfde houding, bewegingloos, verstijfd.

Ophouden met djembéspelen, waarom niet, denk ik. Ophouden met leven kan ook, of met jou, ons. In elk geval wil ik ophouden met dit gesprek.

Dat vrouwen in de overgang extra slaap nodig hebben, merk ik op, en of hij even opzij kan schuiven, zodat ik erlangs kan.

Ongeloof tekent zijn gezicht. Maar ik zie ook angst. Hij had vast een andere reactie verwacht. Een hysterische uitval of zo.

Hij maakt plaats, galant, zoals een heer dat doet voor een dame.

Mijn voetstappen klinken hard op de houten traptreden. Bijna boven draai ik me om. De blik in zijn ogen is niet veranderd, verbijstering, of er een ufo is geland vlak voor zijn voeten. Het is niet aan hem om te bepalen met wie ik omga, nu niet en nooit niet, zeg ik en benadruk elk woord.

− 25 −

De muizen zijn een plaag geworden, hebben moeders huis overgenomen. Ze lopen over de eetkamertafel, vreten zich door vuilniszakken heen, knagen letterlijk aan alles, zelfs aan de roest op de verwarmingsketel.

Het zijn maar kleintjes, hoor, zegt ze vergoelijkend.

Dat die kleintjes ook moeders en vaders hebben, antwoord ik, de keutels opzuigend.

De apparaatjes van broer werken net zo min als de muizenvallen. Mijn schoonmaakbeurten houden de muizen ook niet tegen en sterkere munitie zoals gif wil moeder niet in haar huis hebben. We zitten in een impasse.

Broer zegt dat we nu echt moeten ingrijpen. Zo kan het niet doorgaan. Op zijn minst thuiszorg, maar liever opname in een tehuis. Als ze het huis in Baarn verkoopt, kan ze naar iets wat chique is, keurig en op stand.

Het loopt tegen elven als de telefoon gaat. Broertje. Hij klinkt geagiteerd. Moeder dementeert.

Ondanks het slechte nieuws ben ik blij zijn stem te horen. Hij belt weinig, bijna nooit eigenlijk.

Gister was hij bij haar op bezoek, gaat hij verder. Ze praat tegen de muizen of het haar huisdieren zijn. Ze moet daar weg, liever vandaag dan morgen.

Hij heeft gelijk. Maar toch, moeder, onze moeder tussen vreemden, ergens waar ze niet eerder woonde...

Dat ik niet weet of dit een goed idee is, antwoord ik aarzelend.

Voordat ik kan uitleggen wat ik bedoel, onderbreekt hij me. Of ik haar soms wil laten wegrotten in de muizenkeutels?

Of ik wat? Een klap in mijn gezicht. Natuurlijk wil ik dat niet. Idioot. Mijn toon is scherp. In mijn keel bonkt mijn hart.

Even is het stil, daar heeft hij niet van terug, denk ik. Maar ik heb ongelijk.

Een zachte heelmeester ben ik, iemand die stinkende wonden veroorzaakt. Maar hij is uit ander hout gesneden en zal ervoor zorgen dat zijn moeder haar laatste dagen door zal brengen in een waardige omgeving.

Mijn handen zijn klam, de hoorn van de telefoon is vochtig van het zweet. In een ademstoot gooi ik eruit dat ik toevallig wel degene ben die alle zorg voor *zijn* moeder op zich neemt, terwijl hij... Wat doet hij voor haar?

Geen antwoord. Ik hoor zijn ademhaling, snel, versneld, als een fietspomp waaruit lucht ontsnapt. Zo wil hij niet verder praten, dit heeft geen enkele zin. Hij stelt voor dat we afkoelen en verbreekt de verbinding.

Als hij ophangt, klopt mijn hart niet alleen in mijn keel, maar in mijn hele lichaam.

Terugbellen. Diep ademhalen, moed verzamelen. Ik toets de eerste cijfers in van zijn nummer. Laten we geen ruzie maken, zal ik zeggen en vragen, waarom, waarom gaat het zo tussen ons? Die irritatie, altijd, bij elk detail van het leven. Waar zijn we elkaar kwijtgeraakt? En hoe? Sluipenderwijs of plotseling, op een bepaald moment, een dag in de zomer, het najaar? Nooit meer ontspannen, spontaan en onbevangen zoals kinderen, de kinderen die we waren.

Ondanks het leeftijdsverschil, die twaalf jaar, hebben we zoveel gespeeld samen. Hij was mijn oogappel, mijn alles. Nooit is een kind meer welkom geweest dan hij bij ons. Mijn moeder hunkerde naar een nieuwe baby, al was het maar om de leegte op te vullen die was achtergebleven na de dood van mijn zusje. En ik, ook ik wenste niets anders, wilde niet langer alleen zijn. Zelfs mijn vader, de geslotenheid zelve, maakte er geen geheim van graag een zoon te willen – een stamhouder, zoals hij dat noemde.

Na lang wachten werd ons prinsje geboren. Een sprookje. Zondagskind vanaf dag één. Belangstelling alom. In de familie, de buurt, was dit wereldnieuws. De beschuiten met muisjes smeerde ik. Moeder was daarvoor te moe, net zoals ze voor alles te moe zou blijken, maar dat wisten we toen nog niet. Tegenwoordig heet dat een postnatale depressie, in die tijd oververmoeidheid. Maar dat ze het niet aankon, doet niets af aan de mate waarin zij naar hem heeft verlangd.

De bevalling was zwaar gevallen. Drie dagen en nachten onafgebroken weeën en uiteindelijk werd het toch nog een keizersnede. Het litteken heeft ze me nooit laten zien, ondanks dat ik erom smeekte. Ik was zo benieuwd. Hoe zag zoiets eruit, die snee waardoor je baby's uit de buik kon vissen als guppy's uit een aquarium?

Daarna: geen borstvoeding, geen melk. Haar lichaam weigerde medewerking, rebelleerde tegen de taak waartegen zij niet was opgewassen. Niet meer. Te oud, de fut ontbrak.

Het herstel ging langzaam. Ze moet veel rusten, verontschuldigde de wijkverpleegster mijn moeder tegenover het bezoek dat zij niet zelf kon ontvangen. Geen roze wolkjes, eerder een donkere hemel. Maar hem deerde het niet. Ons prinsje dronk met gebalde vuistjes vol levenslust alle flesjes leeg die ik hem gaf, liet zijn boertjes en groeide, groeide...

Ook uiterlijk had hij alles weg van een prins. Nu nog steeds trouwens. Een open en aimabele jongeman, noemde men hem bij het uitreiken van zijn middelbareschooldiploma. En zo is het.

Van de dood van ons zusje heeft hij weinig meegekregen. Het was al lang geleden toen hij ter wereld kwam. Speelde zij in mijn jeugd een onzichtbare maar bepalende rol, in zijn jonge jaren was ze afwezig.

Het is vast niet mijn moeders bedoeling geweest om haar verdriet op mij te projecteren. Geen enkele moeder wil haar kind dat aandoen. Maar het gebeurde wel. Hoe dat in zijn werk ging, weet ik nog altijd niet. Nooit werd er over mijn zusje gesproken. Er waren ook geen hints of toespelingen, maar ze was aanwezig, altijd en bij alles.

Tot een jaar of acht, negen, was zij zelfs mijn beste vriendin. Mijn ouders wisten dat ik een fantasievriendinnetje had, ze at zelfs mee, had een eigen bord dat bij geen maaltijd mocht ontbreken. Maar ze hadden geen idee dat mijn zusje die vriendin was, dat mijn zusje bij ons aan tafel zat elke avond, dat mijn zusje meeging op vakantie, uitstapjes. Op een bepaalde manier is dat zusje, zeker in mijn jeugd, de belangrijkste persoon geweest in mijn leven.

Mijn kinderen heb ik deze ballast onthouden. Hun geest moet vrij zijn van de tragiek van anderen. Ze weten dat er ooit een baby is geboren die vrijwel direct is overleden. Dat is alles. Niets heb ik ze verteld over de sluier van verdriet die ons huis omhulde, onontkoombaar als as na een vulkaanuitbarsting.

Toch, het is gek, maar toen zoon, mijn zoon, het huis verliet, kwam er een drang in mij om over mijn dode zusje te praten. Het voelde of ik hem niet kon laten gaan zonder hem hiervan deelgenoot te maken. Achteraf ben ik blij dat ik het niet heb gedaan.

Met de telefoon in de hand, wachtend op verbinding met broertje, besef ik hem helemaal niet te willen spreken, niet nu. Weg die telefoon. Ik loop de woonkamer in.

Wie was dat? Het zijn de eerste woorden die de echtgenoot tot mij richt sinds onze ruzie.

Eerst antwoord ik niet, kijk hem niet eens aan. Is dit een valstrik? Hij weet precies wie het was, dat heeft hij makkelijk kunnen opmaken uit het gesprek tussen broer en mij. De deur stond open. Hij heeft elk woord gehoord.

Ik sta en hij zit. Onze ogen ontmoeten elkaar. Alsof ik hem voor het eerst zie, bestudeer ik zijn gelaatstrekken. Zijn wangen zijn ingevallen. Over zijn gezicht een grijze gloed. Broer, zeg ik ten slotte.

Dan merk ik dat ik huil. Zout op mijn lippen. Ik moet zijn begonnen met huilen zonder het in de gaten te hebben. Waarom? Gaat het om de ruzie met broer, om moeder of omdat de echtgenoot en ik na al die dagen weer praten?

Maar niet alleen ik huil, hij ook. Ingetogen, zonder geluid. Toch is er geen twijfel mogelijk, hij huilt.

Het spijt me, zegt hij zo zachtjes dat ik hem bijna niet versta.

Spijt, hij? Hij kan het dus wel, spijt betuigen, ik dacht altijd dat hij daar niet toe in staat was, dat het hem ontbrak aan zelfreflectie. Zijn neus is rood, hij veegt tranen weg, driftig, zoals jongetjes dat doen na een vechtpartij. Daarna legt hij zijn handen in zijn schoot, alsof ze zich nooit meer zullen strekken, ballen, iets oppakken.

Ik was jaloers, mompelt hij en kijkt verbaasd onder het uitspreken van die woorden, alsof hij niet kan geloven dat ze uit zijn mond komen.

Glimlachend om die blik ga ik zitten. Naast hem. Sla mijn armen om hem heen, kus zijn wangen, nek. Liefkozingen. Zachtjes aanvankelijk, zoals je een kind troost na een valpartij, en zo voelt het ook. Dan is daar de passie, de drang. Bevend bijna kleed ik hem uit, mijn man, mijn minnaar, mijn kind. Mijn borsten, tepels zwellen op onder zijn vingers. Hij is naakt. Ik heb mijn kleren aan, zelfs mijn schoenen nog. Alleen mijn slip doet hij uit.

Dochter wil met mij mee, ook op djembéles. Met een gretige blik kijkt ze me aan, alsof ik een koekje voor haar ogen omhooghou. Dacht juist dat jij daar niets aan vond, werp ik tegen, vol twijfel aan haar motieven. Doet ze dit nou omdat ze denkt haar ouders op deze manier dichter bij elkaar te brengen, de 'gevaarlijke' Django buitenspel te zetten of althans onze tête-à-têtes onmogelijk te maken?

Als ze een strategie heeft weet ze dat goed te verbergen. In haar blik lees ik alleen een onschuldig enthousiasme. Ze doet niets aan muziek, legt ze uit, en daarom leek dit haar wel leuk, ik vertelde er altijd zoveel over. En ja, dat had haar aan het denken gezet. Maar als ik het niet zie zitten, zoekt ze wel iets anders, blokfluit of zo.

Niet zien zitten? Ik zou mijn linkerhand willen inruilen voor dit voorstel, mits eerlijk gemeend. Zij die met mij... Ik, de moeder voor wie zij zich schaamt, die zij negeert als er vriendinnen in de buurt zijn, de moeder die lange tijd alleen kon rekenen op haar dedain, haar stilzwijgen over alles wat echt belangrijk was in haar leven.

Mijn ogen glijden over haar gezicht. Echt, meent ze dit? Is het dan eindelijk voorbij, de puberteit?

Ik zeg dat ik het hartstikke cool vind om samen met haar naar djembéles te gaan.

Zelfoverschatting, had dat woord cool niet moeten gebruiken, niet nu in dit prille begin van onze toenadering. Direct is hij daar, terug van weggeweest, de afschuw die haar ogen vernauwt tot spleetjes. Ze loopt weg, zonder iets te zeggen.

Dat het beter is om lessen te volgen in het buurthuis als mijn dochter ook meekomt, meent Django als ik hem daarover spreek tijdens mijn volgende les. Anders hebben we maar één djembé voor drie personen en dat is te weinig.

Ik knik. Ja, dat is zo.

Zie ik teleurstelling in zijn ogen? Moeilijk te zeggen. Ze zijn zo donker dat het niet eenvoudig is om er emoties in te lezen.

Omgekeerd is het klaarblijkelijk makkelijker. Met een van zijn grote handen strijkt hij door mijn krullen en zegt troostend dat het buurthuis ook oké is. Zijn lippen krullen zich in een glimlach, bemoedigend steekt hij een duim op.

Op weg naar huis weet ik het zeker: er is geen enkele reden voor mijn echtgenoot om jaloers te zijn. Ik trap het gas verder in en besluit dit nooit, nooit tegen hem te zeggen.

– 26 –

Een dag of drie later belt broer opnieuw. Weer laat in de avond. Kennelijk is dat zijn favoriete tijd. De echtgenoot ligt in bed, dochter ook. Geen woord over het vorige telefoongesprek. Hij niet en ik niet. Hij heeft goed nieuws, begint hij het gesprek op een toon die ik goed ken: vleiend. Vleien is zijn tweede natuur. Hij weet dat je vliegen het best vangt met stroop.

Hij heeft een uitstekend verzorgingstehuis gevonden voor moeder, net een hotel zo chique. Een collega wiens moeder daar ook woont, maakte hem erop attent. Een gouden tip. Gister is hij wezen kijken met zijn vrouw, ook zij was meteen enthousiast.

Waar het is, vraag ik.

Tussen Wassenaar en Scheveningen, midden in de bossen. En, Wassenaar is een stuk dichter bij dan Baarn, dus kan hij moeder vaker bezoeken en komt alles niet langer eenzijdig op mij neer.

Lief, denk ik, lief dat hij aan mij heeft gedacht. Aan de andere kant vraag ik me af, hoe ik in godsnaam hierop moet reageren zonder een nieuwe woordenwisseling te ontketenen. In gedachten zie ik zijn gezicht voor me, weet precies hoe hij eruitziet nu, zijn wangen die gloeien, ogen die oplichten als kaarsjes in een kerstboom.

Zonder pauze gaat hij verder, over hoe het er vanbinnen uitziet, de tuin erachter. Alle appartementen hebben een woon- en een slaapkamer. De badkamer is ruim, alles is veilig, honderd procent afgestemd op de bewoners. Goedkoop is het niet, moet hij toegeven, maar het is het geld meer dan waard.

Mijn hart stampt, mijn hart kraakt. Ik laat hem praten en probeer te bedenken wat ik moet zeggen straks, als hij vraagt wat ik ervan denk. Want hoe leg ik uit dat moeder daar nooit naartoe zal gaan. Nooit. Hoe overtuig ik hem ervan dat hij Wassenaar zelfs niet aan haar moet voorstellen?

En? Zijn stem trilt lichtjes, een buitenstaander zal het niet merken, zoiets hoort alleen iemand die hem goed kent. Gebeurt altijd bij iets waarop hij trots is zoals vroeger bij een doelpunt, zwemdiploma, medaille van de avondvierdaagse.

Even voel ik de impuls om weg te lopen en het gesprek te laten voor wat het is. Morgen verzin ik wel iets, morgen… In plaats daarvan schraap ik mijn keel, tijdrekken, mijn woorden zorgvuldig kiezen. Niet afwijzen, hij heeft zijn best gedaan, dit is zijn manier om het goed te maken.

In mijn verbeelding ben ik weer vijftien en hij drie. Zie die dijtjes waarop ik blies als op een trompet. Toetergeluiden die hem deden schateren.

Laten we morgen verder praten, stel ik voor. Ik moet erover nadenken.

Een tweede herinnering komt boven. Waarom ik me dit juist nu herinner, weet ik niet, maar het voorval schiet door me heen met een helderheid als gebeurde het gister. Het vriendinnetje van mijn broer vrijt met een ander. Voor de snackbar hangt ze om de nek van een nozem die breeduit achteroverzit op zijn opgevoerde Puch. Hij lijkt op John Travolta in *Saturday Night Fever*, eenzelfde kuif, zwartleren jack, schoenen met punten. Zijn Puch heeft een hoog stuur met aan de achterkant een vlag van vossenbont. Ze zoenen aan een stuk door, de handen van de nozem glijden als alen langs haar lichaam. Haar zorgvuldig getoupeerde haar is uit model, schiet alle kanten uit. Ik word verscheurd door de drang ernaartoe te gaan, haar op z'n minst uit te schelden, en het verlangen om me onzichtbaar te maken, weg te kruipen, ongezien, en alles te vergeten. Langs de geparkeerde auto's ga ik ervandoor. Bijna thuis moet ik overgeven voor de snoepwinkel die allang is gesloten. Mijn broer vertel ik niets. Ik voel me trots en schuldig tegelijk.

De volgende dag. Antoin is jarig, hij is vijftig geworden. Feest op het werk: taart, champagne, snacks en toespraken. Geen Abraham, dat wilde hij niet, absoluut niet. De penopauze, grap ik, maar hij lacht niet. Vreemd dat het wel bon ton is om te praten over de menopauze van vrouwen en niet over die van mannen. Geen gespreksonderwerp dus, niet voor Antoin, ik hou er verder mijn mond over.

Het cadeau dat hij krijgt is spectaculair: twee kippen. Het zijn kippen van een speciaal ras waarvan ik nooit heb gehoord, maar dat zegt niets want mijn kennis van kippen is nihil.

Vlak bij Venlo schijnt hij een boerderij te hebben. Hij blijft me verbazen. Blij is hij met de kippen, dolblij. De beesten zelf lijken dat gevoel niet te delen, ze zitten weggedoken in hun veren. Zelfs het tokken schiet erbij in.

Tijdens het avondeten, tussen twee happen spaghetti door, dient het inzicht zich aan waarop ik de hele dag heb gewacht. De echtgenoot, dochter en ik zitten aan tafel. Deze avond zal ik broer terugbellen en ik weet niet, nog steeds niet, hoe ik mijn boodschap moet overbrengen. De echtgenoot en ik oefenen het gesprek, met name de toon, want dat is mijn zwakke punt. Algauw wordt die scherp, vilein zelfs, vooral wanneer het om zaken gaat die me nauw aan het hart liggen. Ademhaling is cruciaal. Als je dat onder controle houdt, vanuit de buik, dan is de toon ook te sturen.

Dochter kijkt het tafereel aan, afstandelijk en met een licht verveelde blik in haar ogen, zoals ze alles bekijkt wat wij doen. Met de nonchalance die in haar is gekropen sinds de brugklas, neemt ze een slok water en vraagt terloops wat oma er eigenlijk zelf van vindt. Ik open mijn mond, ben gewend altijd een antwoord klaar te hebben wanneer de kinderen iets vragen, maar sluit hem weer.

Of oma er zelf al over heeft nagedacht hoe het verder moet, het gaat toch om haar? dringt mijn dochter aan, die nu haarscherp aanvoelt dat ze beet heeft. Wat precies, weet ze niet, maar er bungelt iets aan de haak.

Het gaat per slot van rekening om haar, zeg ik tegen broer diezelfde avond.

Klopt.

Zij moet zeggen wat ze wil, ga ik verder.

Klopt, klopt helemaal. Het is inderdaad niet aan ons, maar we kunnen suggesties doen…

Ook dat niet, val ik hem in de rede, want ik wil voorkomen dat hij met haar over Wassenaar zal beginnen.

Geen antwoord. Ben ik toch te hard van stapel gelopen? Al bijtend op mijn onderlip sluit ik even mijn ogen. Ik kan het niet helpen, wil haar altijd beschermen. De poortwachter van mijn moeders ziel. Het is een rol waarin ik zit vastgebakken. Denk niet dat ik daar ooit nog vanaf zal komen. Niet in dit leven. Die zorg om haar, voor haar, hangt om mij heen als een magnetisch veld. Na de dood van mijn vader is het alleen maar sterker geworden.

Op de achtergrond hoor ik kinderstemmen. Eentje klinkt harder dan de andere. Vast de oudste. Die gilt altijd overal bovenuit. Wil verdergaan met praten, maar weet niets te zeggen. Denk, denk. Ondertussen glijdt mijn blik naar beneden, blijft rusten op mijn enkels die zijn opgezwollen, vocht, een typische overgangskwaal. Als ik vergeet mijn benen hoog te leggen, eindig ik de dag met een onderstel als van een olifant. Niets aan te doen, behalve steunkousen – en dat verdom ik. Die kousen doen mij denken aan mijn oma, bejaarden, de dood.

De echtgenoot lacht als ik hem vertel over de steunkousen. Bestaan die nog? Een al vrolijkheid in zijn stem. Of het allemaal een grote grap is. O, je zou het ze toch zo toewensen, die mannen, dat ook zij te maken krijgen met de overgangsongemakken van vrouwen, maar zij blijven gespaard.

Geen opvliegers, slapeloze nachten, bloedbaden of moddervette enkels.

Ben je daar nog? De stem van broertje.

Ja, ja… Sorry, ik eh… ben even de draad kwijt, zeg ik. En tegen mezelf: IJdeltuit. Narcistisch tot op het bot. Bespreken we het lot van moeder en kun jij alleen denken aan je opgezette enkels.

Dus? vraagt hij.

Dus… dus zij moet het zeggen. Voor je het weet ontneem je oude mensen hun waardigheid, ga je voor ze beslissen en ja, dat is vernederend.

Klopt, klopt, beaamt hij alsof hij het zelf heeft bedacht, alsof hij haar gister niet in een verzorgingstehuis in Wassenaar wilde stallen.

Zal ik met haar gaan praten? vraag ik op mijn allerliefste grotezussentoon.

Helemaal akkoord. Hij schraapt zijn keel en voegt eraan toe: Fijn dat je dit op je wilt nemen.

En? De echtgenoot kijkt me vragend aan.

Geregeld. We zijn het eens. Eerst maar met haar praten, aftasten wat zij wil.

Verbazingwekkend hoe simpel het leven kan zijn. Ik heb mijn broertje helemaal geen pijn hoeven doen, zoals ik eerder vreesde. Want hoe vertel je iemand zonder te kwetsen dat hij zelfs in de kern van zijn integriteit, wanneer hij oprecht iets goeds wil doen, honderd procent ernaast grijpt?

Moeder zal Baarn niet verlaten, want in Baarn ligt immers haar dochtertje begraven. Daar bevindt zich dat graf dat ze elk weekend bezoekt – ziek of niet, weer of geen weer – en waar ze bloemen neerzet. Waarschijnlijk praat ze ook met haar, misschien wel meer dan ze ooit heeft gedaan met ons, met de kinderen die niet stierven.

Dat broer hieraan niet heeft gedacht, neem ik hem niet kwalijk. Het staat allemaal zover van hem af. Maar moeder zal het hem wél aanrekenen en het zal haar raken, hard en recht in het hart.

Nu ik dit onderwerp niet hoef aan te kaarten, ziet de avond er plotseling anders uit, alsof er vreugdevuren zijn ontstoken. Licht overal.

Wanneer Trix een mailtje stuurt en vraagt of we naar de sauna zullen, antwoord ik direct: Ja, ik kom eraan.

Of ik die ongelijke beloning nog aan de orde ga stellen, vraagt Trix. Ik moet omhoogkijken, wil ik haar gezicht zien. Zij zit een bank hoger dan ik, daar waar het snikheet is en ik het niet uithoud.

We zijn de enigen in de sauna, daardoor kunnen we praten. Alleen wanneer er niemand is doen we dat. Anders niet. Wij vallen uitdrukkelijk niet in de categorie kletsvrouwen voor wie de bordjes zijn bedoeld die overal hangen: STILTE. Daarvan trekken zij zich overigens niets aan, de kletsvrouwen. Zelfs een muilkorf zou hun kakeldrang niet kunnen intomen.

Zie ze binnenkomen met de momentje-voor-mezelf-blik in hun ogen. En geen minuut, geen seconde zijn ze stil. Woorden vergezellen elke beweging die ze maken, of ze zich uitkleden, een handdoek pakken of de voeten in hun slippers steken.

En om de haverklap zeggen ze: Gezellig. Of het hele leven één groot verjaardagsfeest is. Omringd door dit soort dames doen Trix en ik er het zwijgen toe. Demonstratief, met de kin omhoog om nog eens overduidelijk te laten zien dat onze lippen verzegeld zijn, dat wij geen enkele klank uitstoten, dat wij anders zijn, van een niveau ver verheven boven die kakelmadammen.

Als Trix een slechte bui heeft en weinig kan hebben, spreekt ze zo'n kakel erop aan, of ze het bordje niet heeft gezien? Dat werkt, maar niet voor lang. Je staat daarna de hele tijd op voet van oorlog met de kakels, dus een ontspannen avond, wat toch eigenlijk de bedoeling is, zit er niet meer in.

Vanavond niets van dit alles. Wij zijn alleen. Praten mag nu, moet zelfs, want zij wacht op mijn antwoord. In haar ogen de typische directeursblik, hautain, eisend ook.

Ach ja, die ongelijke beloning, zucht ik. Het ligt gevoelig, roept veel irritatie op. Ik ben bang om mijn baan te verliezen als ik er opnieuw over begin. En op je vijftigste zit de arbeidsmarkt op slot.

Ze kan niet geloven dat ik het erbij laat zitten. Haar ogen zijn nu wijd opengesperd in een gezicht rood en opgezet van de hitte. Van haar krullen is niet veel over, steil hangen de haarslierten naar beneden. Er druipt vocht uit. Ze heeft iets weg van een verzopen kat. Je wordt er niet mooier op in de sauna, denk ik, zelfs niet met al die botox in je wangen.

De deur gaat open. Een man komt binnen. Onwillekeurig worden mijn ogen getrokken naar zijn geslacht. Een reflex, het is niet anders. Beleefd groetend klimt hij helemaal naar boven en neemt plaats naast Trix. Praten kan niet meer.

− 27 −

Na het werk rij ik erheen. Ik blijf slapen. Dat vindt moeder heerlijk, ze is bang 's nachts. Voordat ik uitstap, blijf ik nog even zitten in de auto. Ik probeer het huis te bekijken met de ogen van een vreemde, een potentiële koper. Op het dak rusten de laatste zonnestralen van vandaag. Een Baarnse villa, oudbouw, degelijk. De wingerd moet gesnoeid, heeft zich tot aan de nok toe opgewerkt.

Het is een moeilijk te verwarmen huis, zelfs met centrale verwarming. Het tocht, kieren overal. Voor de tijd van de cv durfde je vanaf eind oktober de gang niet op. IJskoud. Onze bedden werden verwarmd met kruiken, van die stalen dingen, een soort granaten maar dan goedaardig. Gewikkeld in een kussensloop werden ze in bed gestopt: aan het voeteneinde, en altijd opletten dat hij niet lekte, want het water erin was kokend heet. IJsbloemen op de ramen, de mooiste waren van mij, de rest van broertje; maar dat maakte hem niets uit, hij vond er niets aan.

Om het huis heen, als een ringweg, loopt de tuin. Hij is

volgeplant met alle planten uit binnen- en buitenland waarop moeder de hand heeft weten te leggen. Ooit heeft ze er zelfs een palmboom in gezet, maar die hield het niet lang uit, ook al was haar verzekerd dat deze palm de Nederlandse winter kon doorstaan.

Opnieuw laat ik mijn blik glijden over die massa bakstenen waar ik ben geboren. Daar is het kamertje dat uitziet op de hondenwei en vijver. Het is me tegelijk vertrouwd en vreemd. Slecht onderhouden is het, dat ziet zelfs een leek. Moeder heeft er al jaren niets meer aan gedaan. De badkamer, keuken, het sanitair kunnen regelrecht naar de sloop. Maar er is meer. Het dak, de balkons. Allemaal oud, vol gebreken. Helemaal de vraag of we een koper kunnen vinden en voor welke prijs – tenminste, als moeder het ermee eens is, als ook zij wil verkopen.

Na het portier van de auto op slot te hebben gedaan, loop ik over het pad met kriskras liggende kinderkopjes naar huis. Vanuit de erker wuift ze naar me. Ze heeft op me gewacht, zie ik aan haar ogen, die geconcentreerde blik, de rimpel tussen haar wenkbrauwen.

Voordat ik het tuinhek heb bereikt, zwaait de voordeur al open. Een kleine gestalte in de deuropening. Als je door je wimpers tuurt, is ze net een dwerg. Gek toch dat ik in haar nabijheid direct terugval in dit soort kinderlijkheden, krijg zelfs de neiging om te gaan huppelen.

Van dichtbij zie ik dat haar gezicht moe staat maar desondanks vol verwachting is. Ze is nooit opgehouden om van alles van het leven te verwachten zoals op een sinterklaasavond. Zelfs nu. Nu ze de dood in haar kielzog meevoert, blijft ze naar het leven kijken als een kind naar een goochelaar.

We kussen, lopen de gang door, waar ik mijn jas ophang aan de kapstok, we gaan zitten in de serre. Zij met moeite, houterig zonder veerkracht, of de rek eruit is. De theepot staat klaar, opgeborgen in een muts, daarnaast een schaal froufroutjes, want daar was ik dol op als kind. Heerlijk om die koekhelften van elkaar af te peuteren en die zoete crèmelaag eraf te likken. Vroeger ja… Helaas vind ik er tegenwoordig niets meer aan. Sterker nog, ik vind ze ronduit vies. Maar zeg je zoiets? Kan toch niet? Het is zo'n vast onderdeel van ons samenzijn – neem er nog eentje kind, toe, ik heb ze speciaal voor jou gekocht – dat ik dit verzwijg. Froufroutjes dus. Ik spoel ze weg met thee.

Na het uitwisselen van zinnen over de geijkte onderwerpen valt er een stilte. Nog even probeer ik het voorspel te rekken zodat ik niet hoef te beginnen over waarvoor ik eigenlijk kom. Luchtig informeer ik naar de glazenwasser. Is hij komen opdagen deze week? Maar dan breekt toch echt dat moment aan. Ik schraap mijn keel, maar voordat ik icts kan zeggen, begint zij te spreken.

Zij praat zacht, altijd, of haar stembanden niet sterk genoeg zijn om meer geluid te produceren. Gillen, schreeuwen: nooit. Maar ondanks dat geringe volume luisteren mensen naar haar. Ze heeft een prettige stem, melodieus en warm. Met haar handen in haar schoot, de palmen opengevouwen, vertelt ze hoeveel ze van dit huis houdt, alle herinneringen die erin rondzweven doen haar goed. Bovendien is er de tuin. Haar paradijsje, de plek waar ze zich gelukkiger voelt dan waar ook ter wereld. Haar ogen worden zacht als ze het hierover heeft, alsof het een levend wezen is, een geliefde.

Stilte.

Als ze verdergaat, klinkt haar stem anders, breekbaar. Ze kan het niet meer aan, het leven in dit huis. In de nachten is ze bang, schrikt ze van alle geluiden, het hout dat werkt, de muizen. En overdag, al direct bij het opstaan, grijpt de leegte haar aan, al die kamers zonder mensen, al die ruimtes doods en stil.

Ze wil het huis verkopen.

Haar vingers glijden op en neer over haar sleutelbeen, een blos op haar wangen, of ze zojuist iets vreselijks heeft bekend, een moord op een klas vol kinderen of mishandeling van een nest puppy's. Hoelang heeft ze hierop zitten broeden, is ze bang geweest om mij, haar kinderen, dit te vertellen? Het blauw van haar ogen is troebel. Zo kijkt ze de laatste jaren naar de wereld, vanuit vochtige ogen.

Ik zeg dat ik haar begrijp, helemaal, en dat ik het een goed besluit vind. Maar waar wil ze heen na de verkoop van het huis?

In plaats van haar toekomst begint ze over de erfenis, dat ze het geld wat ze overhoudt aan de verkoop van het huis onder haar kinderen zal verdelen. Zonder mij aan te kijken, handenwringend, speelt ze met haar trouwring.

Zijn er mensen op aarde, vraag ik mij af, zijn er ouders en kinderen die ontspannen en rationeel over erfenissen kunnen praten? Ik niet. Voel me direct een lijkenpikker bij het horen van het woord erfenis. Daarom zeg ik niets over een erfenis te willen weten. Ze is toch nog lang niet dood, nou dan…

Haar handen trillen lichtjes, als ze haar theekopje van tafel pakt en erin roert. De huid boven haar lip valt in rimpels uiteen wanneer ze een slok neemt. Ik wend mijn blik af. Buiten schemert het. Het begint te regenen, eerst zachtjes maar algauw hameren de druppels tegen het glas van de serre. Moeder wil licht, doet de lamp in de hoek aan, die met het touwtje, de lamp waaronder ze kruiswoordpuzzels oplost. Een tijdje zitten we zwijgend tegenover elkaar met als enige geluid de regen die harder en harder naar beneden valt.

Ik denk dat ze alleen in deze serre zit als ze bezig is met haar puzzels. Er staan weinig meubels. Op het tafeltje voor het raam staan puzzelwoordenboeken: vijf op een rij. Ook haar bril ligt daar, naast de asbak met daarin een aantal peuken. Goed zo, denk ik, blijf jij maar lekker roken. Wie weet hoelang dat nog kan. En dat je vingers bruin zijn van de nicotine maakt niet uit. Niet nu papa dood is. Alleen hij ergerde zich daaraan, zoals hij zich aan zoveel ergerde trouwens.

De serre van vroeger, uit mijn herinneringen, is heel anders dan deze waarin we nu zitten. Vroeger lag er overal speelgoed, want hier waren we het liefst, broer en ik. Dit was onze favoriete speelplek. Waarom weet ik niet. Misschien door het licht dat van alle kanten naar binnen valt, zodat je het gevoel krijgt buiten te spelen. In de winter, wanneer er sneeuw op het dak lag, speelden we dat we in een iglo zaten en waren we Eskimo's die elkaar kusjes gaven met de punten van onze neus.

Mijn vader vond het niets, al die speeltroep buiten de kinderkamers, in een ruimte voor volwassenen. Bovendien struikelde hij erover, over onze ridders en legostukken. Weg met dat spul, het is hier geen speeltuin, brulde hij en keek verwijtend naar moeder want het was haar schuld, alles wat met ons, met de kinderen te maken had, was haar verantwoordelijkheid en van haar alleen.

Of ik een borrel wil. Moeder staat al half op om naar de keuken te gaan. Ze vraagt nooit of je een glas wijn wilt, of een biertje. Nee, zij heeft het altijd over een borrel. Een gewoonte die ze heeft ze overgehouden aan de tijd dat mijn vader elke middag jenever dronk totdat hij daarvoor te ziek werd.

Witte wijn, antwoord ik. Zij knikt en loopt de serre uit. Het gaat moeizaam, traag. Of ze haar voeten nauwelijks optilt. Het duurt even voor ik besef dat ze sloft, iets waaraan ze zelf altijd de grootste hekel had. Ook nadat ze de ruimte heeft verlaten, kraakt de vloer nog na van haar voetstappen. Ook die is oud, rijp voor de sloop.

Op de achtergrond hoor ik haar bezig: koelkast, gerinkel van flessen, een la die wordt opengetrokken. Hoewel ik er niets aan kan doen, de geluiden dienen zich vanzelf aan, krijg ik het idee haar af te luisteren. Het voelt ongepast, of ik haar privacy niet respecteer.

Voetstappen in de gang, terug met een dienblad, daarop twee glazen wijn, ernaast een bakje met zoutjes. Na onderzetters te hebben neergelegd, plaatst ze daarop de glazen en maakt een hoofdgebaar naar de gifgroene nootjes. Ze lijken op erwten.

Is dat normaal, die kleur, of zijn ze beschimmeld? Per slot van rekening krijgt ze nooit bezoek, wie weet hoelang ze die dingen al in huis heeft. Of misschien heeft ze in een vlaag van vergetelheid inderdaad erwten in die bak gedaan, het verkeerde pak opengescheurd. Stress natuurlijk, zoveel tegelijk en op haar leeftijd… Het valt ook niet mee, de ouderdom.

Dat zijn wasabinootjes, zegt ze als ze mijn aarzeling opmerkt, je weet wel, dat groene spul dat je bij sushi eet.

Ongelooflijk, ze blijft me verbazen. Dit oude mensje weet meer van de moderne tijd dan ik. Wasabinootjes, nooit van gehoord… Zelf eet ze niets, maar ik voel haar genieten als ik een handje pak en ze in mijn mond stop. Inderdaad, de scherpte van wasabi. Lekker, ik neem er nog een paar. Haar ogen volgen mij, mijn gebaren, hoe ik eet.

Ons zien eten was haar favoriete tijdverdrijf. Broer en ik aan de keukentafel en zij tegenover ons, elke beweging volgend. De hap die in de mond werd gestopt, kauwen, het slikken, wegglijden door de keel.

De wijn heeft een fruitige smaak, vast een Duitse, zo'n moezelwijntje. Moeder drinkt langzaam, ik heb mijn glas al bijna leeg als zij aan haar tweede slok toe is.

Oude mensen hebben iets onwezenlijks. Tussen hemel en aarde. Het fascineert me. Kan mijn ogen niet afhouden van haar gezicht, dat wordt verlicht door de schemerlamp. Die ogen… Of ze verder kunnen kijken dan dit leven. Niet alleen het heden overzien maar ook de toekomst en de tijd daarachter, het verleden. Alziend, ze hebben zich al losgemaakt van het hier en nu.

Slavinken, rode kool en aardappelen heeft ze klaargemaakt in de kabouterpannetjes die ze tegenwoordig gebruikt. Weg zijn de familiepannen uit mijn jeugd, groot, robuust en van gietijzer.

Of het lekker is.

Ik knik. Ze kookt eenvoudig, zoals huisvrouwen uit de jarig vijftig gewend zijn. Simpel, zonder opsmuk. Geen recepten of kookboeken. Uit het hoofd en met de seizoenen mee. Elk jaargetijde heeft zijn groente, eigen unieke ingrediënten.

Haar blik over mijn gezicht, peinzend, blijft even rusten, dan wendt ze haar ogen af maar ze houdt niet op met naar mij te kijken, doet dat nu via het raam.

Plotseling begint ze te spreken: Ik ben niet bang voor de dood, weet je. Haar ogen zijn nu weer rechtstreeks op mij gericht. Ze gaat verder, haar stem klinkt zacht of ze een verhaaltje vertelt voor het slapengaan, dat ze een goed leven heeft gehad, drie lieve kinderen. Dat Elientje zo vroeg is gestorven betekent niet dat ze haar minder goed kent dan ons. Ze kent haar net zo totaal en helemaal als haar levende kinderen. Daarom kan ze het zeggen, dat ze drie lieve kinderen heeft gehad. Ze zegt dit niet zomaar.

Zoals ze praat over haar leven, lijkt het of ze over iemand anders praat. En juist daardoor, door die afstandelijkheid, kan ik meepraten. Weet je, herinner je nog…

Het toetje. Bij moeder verlaat je de tafel nooit zonder toetje. Vla dit keer. Witte vla. In twee precies gelijk gevulde kommetjes. Ze zet ze neer, ernaast lepeltjes. Ze wil naar een verzorgingstehuis in Baarn, dat tehuis vlak bij het station. Ze is al wezen kijken, het bevalt haar.

Zwijgend eten we onze vla op.

Later in de keuken, tijdens het afwassen, zegt ze dat ze het vreselijk vindt om in zo'n tehuis te zitten, dat het er stinkt naar oude mensen en de dood.

Ze vindt het vreselijk in een tehuis.

De echtgenoot zucht, haalt een hand door zijn haar: Wat wil ze dan?

Geen idee, in elk geval wil ze het huis verkopen.

En thuiszorg?

Ik schud mijn hoofd. Heeft ze niets aan, is ze in de nacht toch alleen, en juist dat vindt ze zo erg. Verzorging voor dag en nacht kost kapitalen. Dat kan zij niet betalen en ik ook niet.

Nu zuchten we allebei en op hetzelfde moment. Op de achtergrond hoor ik onze buurman bezig in zijn tuin. Wij hebben een buurman die altijd klust, en bij voorkeur in de tuin. Als we geluk hebben zaagt hij iets met de hand en als we pech hebben jast hij zo'n elektrisch ding ergens doorheen. Het is in Nederland, in de buurt waarin wij wonen, een volledig geaccepteerde vorm van overlast. Iets zeggen over klusgedrag is *not done*. Andere vormen van hinder, schoolkinderen die afval op straat gooien, muziek te hard, daarover wordt wel geklaagd. Maar klussen, nee, dat is heilig… Dus ondergaan we het klusgeweld zoals het hoort, lijdzaam, en zuchten nog eens.

Alleen thuis. Onze dochter is met vriendinnen de stad in. Nog niet zolang geleden hunkerden wij naar dit soort buitenkansjes. Op deze momenten hoefden we elkaar alleen maar aan te kijken en snelden we naar boven waar we niet gehinderd door enig voorspel de liefde bedreven. Uitgehongerd. Als een lichaam dat uit twee segmenten bestaat, lagen we verstrengeld in elkaar, vloeiend, zonder aarzeling. Niets daarvan nu. Naar boven, liefde? Geen fut. Noch ik, noch hij.

Onze buurman fluit, ondersteund door het geluid van de boormachine. Fluiten en klussen, het een schijnt het ander uit te lokken. Buurman fluit altijd hetzelfde deuntje. Iets klassiekerigs dat ik niet kan thuisbrengen. Mozart, volgens mijn echtgenoot.

Misschien, misschien zou ik kunnen leren zijn geklus te verdragen zonder ergernis. Het moet mogelijk zijn, geloof ik oprecht, om je in te stellen op een buurman die klust. Makkelijk zal het niet zijn, haalbaar wel. Maar: klussen plus fluiten is een brug te ver.

Als ik onze tuindeuren dichtdoe, hardhandig, kijkt hij over de haag, schrik in zijn ogen.

Zonder verder iets te zeggen ga ik weer zitten, op dezelfde stoel, mijn ellebogen op tafel. Kijk ons, een overrijp paar dat al jaren is uitgepraat, zo'n stel op wie niemand wil lijken en van wie we allemaal wel iets hebben na een aantal huwelijkse jaren.

Of hij mijn gemoed aanvoelt, zegt de echtgenoot – en hij probeert opgewekt over te komen: Het komt goed met je moeder, we verzinnen wel wat.

Hij denkt dat hij mij geruststelt met zulke bezweringen. Misschien deed hij dat ook wel, in een ver verleden. Nu niet, niet meer. Nu voelt het als een belediging, als een onderschatting van mijn intelligentie dat hij met uitspraken komt waarmee je een kind kalmeert dat naar gedroomd heeft.

Laat maar, denk ik, loslaten, hij bedoelt het tenslotte goed. Terwijl ik opsta, begin ik de boel op te ruimen: de borden, glazen, een pan. Haal een doekje over de tafel heen. Opnieuw die sterren voor mijn ogen. Duizelig.

Dan staat hij voor me met zijn jas aan, de mijne onder zijn arm: Kom op, we gaan de stad in, een borrel halen.

– 28 –

Zumba. Na de les: drie koffie verkeerd. Eromheen: Trix, een vriendin van haar die voor het eerst is meegegaan, en ik. Gelijk verslaafd, die vriendin, vond het geweldig, heeft zich direct ingeschreven, een jaarkaart.

Lisette heet ze, doet iets creatiefs, herinner me niet meer precies wat, schilderen geloof ik, of was het zeefdrukken? Ze doceert textiele werkvormen bij Trix op school. Ze is half Surinaams, haar haren zitten in duizenden vlechtjes op haar hoofd gebonden en erdoorheen zijn kralen geregen zoals je ziet bij Afrikaanse vrouwen.

Hoe gaat het met haar kinderen? vraag ik, want daar is altijd wel iets mee, weet ik uit de verhalen van Trix. Goed, knikt ze.

Bij het volgende rondje koffie vertelt Trix dat ze iemand heeft ontmoet via internet. Ze noemt de naam van een website die mij niets zegt, maar Lisette kennelijk wel want zij begint meteen van harte te knikken, heeft er waarschijnlijk ook goede ervaringen mee.

Kom op, denk ik, toon eens wat meer belangstelling. Zijn naam? Wat doet hij?

Frits, ingenieur, dertig jaar, woont in Delft.

Dertig? Ik verslik me, moet hoesten.

Ze kijken naar me, allebei, of ze willen zeggen: Gooi het er maar uit, je vindt hem te jong.

Niets. Geen woord. Onthoud me van elk commentaar. Wat denken ze, dat ik zo'n ouderwetse burgertrut ben die zich opwindt over leeftijdsverschillen, en dat alleen omdat ik niet uit Amsterdam kom zoals zij? Want dat blijft wringen. Altijd voelbaar, dat dedain voor mijn provinciaalse afkomst. Zeker als deze twee Amsterdamse dames samen zijn. Of ik hopeloos achterloop en dat nooit zal inhalen.

Als vanzelfsprekend beginnen zij even later over hun exen. Wat een klootzakken dat zijn, omdat ze voor de honderdduizendste keer afspraken niet nakomen, kinderen verwaarlozen en wél van alles over hebben voor 'haar', de rivale, de nieuwe vrouw.

Een gaap onderdrukkend wil ik opstaan en op huis aan. Het is altijd hetzelfde liedje als we met z'n drieën zijn. Zij over die exen, half kibbelend wie de ergste ex had, de grootste klootzak, en ik in de luisterrol, want ja, ik heb geen ex.

Maar ik ga weer zitten. Waarom weggaan? Kankeren op mannen, dat kan ik net zo goed. Ik sla met een hand op tafel als ik zeg dat ik vaak baal van mijn echtgenoot, de sleur en zijn typisch mannelijke autisme.

Stilte.

Weer die ogen op mij gericht, beschuldigend, verwijtend

zelfs. Heb ik iets verkeerds gezegd? Twee monden die tegelijk opengaan, er wordt door elkaar gepraat. Dat ik makkelijk lullen heb, ik heb tenminste een man. Weet ik wel wat het betekent om alleen door het leven te gaan? Ze bijten door. Dat ik wel anders zal piepen als hij mij verlaat voor een jonger exemplaar. En denk maar niet dat dit mij niet kan gebeuren, iedereen kan dat gebeuren. Jazeker. En het is niet makkelijk een ander te vinden op deze leeftijd. Ik heb geen echt geen reden om te balen.

Koester hem maar, die kerel van je.

Na een stilte schraap ik mijn keel. Wil iets zeggen, maar ben vergeten wat. Weer is het stil. Het enige geluid komt van mijn ademhaling, die klinkt of ik net de marathon heb gelopen. Mijn lippen klemmen op elkaar – of ik ze nooit zal openen. Maar juist mijn zwijgen maakt indruk, zie ik aan de uitdrukking op hun gezichten. Verward en een tikje verlegen, alsof ze zijn geschrokken van hun eigen felheid.

Plotseling begin ik te praten, de woorden dienen zich ineens zo makkelijk aan of iemand een script in de lucht houdt waarvan ik alles kan aflezen. Ik zeg dat ik inderdaad niet weet hoe het is om alleen door het leven te gaan, maar dat getrouwd zijn, zeker met een ouder wordende man, echt geen zegen is.

Vertel, vertel. Ze buigen zich voorover, dichterbij, nog dichter. Het heeft iets samenzweerderigs zoals we daar zitten, de hoofden tegen elkaar, haren tegen haren, een paar vlechten van Lisette recht omhoog.

Of ze weleens hebben gehoord van *grumpy old men*? Weten ze wat dat betekent?

Nee, schudden de hoofden, en we schuiven verder naar elkaar toe, haast op schoot.

Fluisterend onthul ik de feiten achter het fenomeen oudere man. Ten eerste: hij moppert, is niet meer de goedlachse knul op wie je bent gevallen, ooit in een ver verleden. Voorts ontwikkelt hij van die tante-Betje-eigenschappen. Gaat op alles letten. Laatst maakte de echtgenoot mij erop attent dat mijn inlegkruisje scheef zat, nou vraag ik je... En het zoogdier in hem ontwaakt. Hij boert, laat scheten en slaapt, heel veel, als een beer in zijn winterhol.

Tja, tja... De dames schudden het hoofd. Inderdaad, een man in huis, hoe leuk is het eigenlijk? Dan misschien toch liever alleen. Vrijheid.

Bemoedigend knik ik ze toe, die stadse meisjes. Ik kom misschien wel uit de provincie, helemaal uit dat verre Baarn, maar weet wel hoe ik kan troosten, balsem smeren op wonden die niet zullen helen, nooit helemaal.

Die avond ligt mijn oudere man naast me, niets vermoedend van de slechte rol die ik hem een paar uur geleden heb toebedeeld. Hij snurkt, zijn mond halfopen, wimpers die trillen. Ik ga tegen hem aan liggen en praat met mijn mond tegen zijn bovenarm.

Zachtjes, heel zachtjes vertel ik, leg ik uit hoe het leven in elkaar zit. Een vrouwenleven, en hoe anders het is dan dat van hem, het leven van een man. Want ja, hij wordt er alleen interessanter op. Dat grijze bij de slapen, weet welke wijn bij welk gerecht hoort. Kan zich helemaal wentelen in het imago van de ervaren man, ook in bed bekend met alle trucjes en in staat om iedere vrouw als een raket naar haar hoogtepunt af te vuren. Terwijl het leven van vrouwen na de veertig... Slikken of stikken. Ja, zo is het. Perfecte omschrijving. En het moet overal. Op je werk: geen commentaar of kritiek. Dan vlieg je eruit en vind je niets meer. Dan thuis. Ook in huis, privé in de familie moet je slikken. Want anders, stel je voor, gaat je man ervandoor en krijg je nooit, nooit meer iemand anders.

Uitademend draait hij zich om, gaat op zijn buik liggen. Om zijn mond een lijntje spuug. Even ben ik bang dat hij wakker wordt, dat ik mijn monoloog niet kan voortzetten.

Gelukkig slaapt hij door. Het snurken is opgehouden, hij ademt nu zo licht als een baby, onhoorbaar bijna. Ik druk een kus op zijn voorhoofd, zijn wang, voorzichtig...

Terwijl ik dieper onder de dekens kruip, me dichter tegen hem aan druk, dat warme lijf, kacheltje, besef ik niet door te willen gaan met slikken. Het is genoeg geweest. Genoeg. Weg met die angst om alles kwijt te raken. Laat het maar gebeuren. Dan maar geen baan, geen man, geen dak boven mijn hoofd voor mijn part. Vanaf nu, vanaf dit moment ben ik een foute Sarah die er voluit voor gaat, gezicht in de wind, niet langer bang om te verliezen.

Het is gek, maar als je die angst kwijt bent, de angst voor verlies, is het alsof er een nieuwe energiebron is aangeboord. Plotseling ben je in staat snel en zonder aarzelingen beslissingen te nemen. Je vaart op eigen kompas.

Die ochtend zeg ik tegen de echtgenoot dat ik moeder wil voorstellen om bij ons te komen wonen. We hebben een kamer over, dus waarom niet? Ik wil niet dat het zo verdergaat, dat ze langzaam aftakelt, alleen in Baarn. En een tehuis is ook niets. Hier woont ze tenminste niet tussen vreemden of andere bejaarden die een voor een doodgaan en Amsterdam is zo dicht bij Baarn dat ik haar makkelijk naar het graf van Elientje kan rijden wanneer ze dat wil.

Eerst schrikt hij, ook al zegt hij dat niet. Ik lees het af aan zijn gezicht, aan de kaakspieren die zich aanspannen. Zijn schoonmoeder in huis? Hun relatie is nooit slecht geweest of gespannen maar van vriendschap is ook geen sprake. Ze accepteren elkaar zoals buren dat doen, of collega's. Gewoon omdat de situatie dat voorschrijft en dat het slimste is in de gegeven omstandigheden.

Stilte. Hij ademt snel en oppervlakkig.

Hoe moet dat dan als ze slechter wordt, dementerend of incontinent?

Dat zien we dan wel weer, het gaat om het nu.

Ze zal steeds meer verzorging vragen, dat kan niet anders, werpt de echtgenoot tegen.

Ik heb erover nagedacht, antwoord ik. En dat is niet te veel gezegd. De hele nacht heb ik op dit plan liggen broeden. Als ik tijdelijk minder ga werken kan ik het grootste deel van die zorg op me nemen. Een paar uur inleveren en ik kan haar in de ochtend helpen met wassen, aankleden en ontbijten. Dochter is meestal om een uur of twee thuis van school, dus de middagen kan zij voor haar rekening nemen – als ze daartoe bereid is.

Opnieuw is het stil tussen ons.

Hij staat op, loopt naar het raam van de slaapkamer en doet de gordijnen open. Regen. Het pleintje ligt er verlaten bij. Later vandaag, als het ophoudt met regenen, zullen er moeders zitten op de bankjes. Vaders ook, maar meer, veel meer moeders. Hun kinderen klauteren op het klimrek, spelen in de zandbak, voetballen. Net als die van ons vroeger. Niet weg te slaan van het plein, een tweede huis. Als het had gekund, brachten ze er ook nog de nachten door.

De echtgenoot loopt naar de badkamer, poetst zijn tanden, gorgelt, komt terug in de kamer, terug in bed. Hij zegt dat hij erover wil nadenken, alle voors en tegens afwegen, dat het een beslissing is die je niet overhaast moet nemen.

Dochter vindt het 'cool' om oma dichtbij te hebben. Het is stil zonder haar broer. Ineens lees ik in haar ogen hoezeer zij hem mist. Waarom praten we daar niet over, waarom praten we zo zelden over de dingen die we echt belangrijk vinden?

Dat we het maar moeten proberen, zegt de echtgenoot ruim een week later.

Moeder wuift mijn aanbod weg, onmiddellijk. Of ik gek ben geworden, een jong gezin opzadelen met de zorg voor een bejaarde vrouw, ziek bovendien, nooit.

Dat we zo jong niet zijn, antwoord ik, en dat we haar graag bij ons hebben.

Al haar tegenwerpingen spatten als zeepbellen uit elkaar, ze houden geen stand, hebben geen wortels.

Natuurlijk wil ze wel, natuurlijk, graag zelfs; zo graag dat ze boos wordt, boos op zichzelf en op iedereen om haar heen omdat ze dit aanbod niet spontaan kan aanvaarden, omdat ze het moeilijk vindt om liefde te accepteren.

– 29 –

Een mail naar Alex en eentje naar Antoin, meerdere zelfs omdat ze niet reageren. Ik wil een afspraak maken, want ik heb iets te bespreken.

Niets. Is dat uit schuldgevoel, vraag ik me af. Uit gêne omdat ze nooit meer zijn teruggekomen op dat functioneringsgesprek? Geen volgende afspraak hebben gemaakt. Iets wat ik zelf gemakshalve ook maar heb laten zitten. Geen enkele zin in herhaling van die farce. Maar nu ontkom ik niet aan een confrontatie. In mijn eigen belang.

Pas als ik mail dat het dringend is, komt er beweging. Antoin reageert, zijn agenda zit vol maar over een week heeft hij wel een gaatje: maandag laat in de middag.

Omdat Alex niets laat horen, bel ik op. Iets wat ik niet graag doe.

Hij beantwoordt zijn telefoon altijd op dezelfde manier. Nooit: hallo, met… of u spreekt met… Nee, als hij zijn telefoon opneemt zegt hij alleen: Alex. Toonloos, met een grafstem of je hem stoort bij het afleggen van zijn moeder of iets van dien aard zodat je onmiddellijk de neiging krijgt om in de verontschuldiging te schieten: Sorry dat ik stoor, het spijt me...

Een mail van mij? Nooit ontvangen.

Ze deren me niet meer, die leugens. Ik speel het spel mee. Ja, inderdaad, hoe kan dat nou?

Afspraak: maandagmiddag om vier uur.

Ondanks moeders herhaalde mededeling dat ze ons niet tot last wil zijn neem ik de kamer van zoon, de chillroom waarin nooit iemand chillt, alvast onder handen. Een ouderwetse schoonmaakbeurt: groene zeep, bleek en schuurmiddel. Pas als alles fris ruikt, klaar voor de komst van moeder, ben ik tevreden.

Broer en ik willen haar voor de kerst verhuizen. Een busje huren hoeft niet. Ze kan toch alleen de meest dierbare spullen meenemen, want anders wordt het te vol. Het huis in Baarn leegmaken en verkopen komt later wel, dat heeft geen haast.

We ontmoeten elkaar in Amsterdam, Alex, Antoin en ik. Om halfvier zit ik er al. Ik bestel een koffie verkeerd en let op de ingang.

Of ik deze afspraak niet moet voorbereiden, vroeg de echtgenoot gisteravond. Welke strategie kies ik, hoe ga ik het brengen? Hij wil graag meedenken, hulp bieden, misschien sparren?

Nee. Dit keer ben ik niet van plan om te denken in termen van strategie. Het gaat om mijn moeder, een bejaarde vrouw met darmkanker, zelfs de grootste ellendeling op aarde moet daar begrip voor kunnen opbrengen. Toch? Niet alles laat zich verpakken in een het jargon van een spelletje Stratego.

Na die woorden perst de echtgenoot zijn lippen op elkaar en zwijgt.

Hoera. Ik weet zeker dat de wereld een stuk soepeler zou draaien als mensen weten wanneer ze hun mond moeten houden.

Antoin verschijnt. Ik richt me half op en zwaai. Hij ziet me niet. Ik steek mijn hand opnieuw omhoog en roep zijn naam, twee keer achter elkaar. Nu ontdekt hij me en loopt naar me toe. Hij glimlacht. Ik kan er niets aan doen. Ik vind hem aardig, deze Judas, collaborateur, ondanks zijn streken, leugens.

Kort daarop arriveert Alex. Er worden handen geschud. Waarom we aan dit tafeltje zitten, we kunnen beter daarachter zitten, waar het rustiger en ruimer is.

Ja, wat doe je dan? Hou je vast aan je plek, omdat je hier tot nu toe uitstekend hebt gezeten en geen enkele reden hebt om te verkassen, of doe je wat hij wil?

Verkassen dus. Een heel gedoe. Naast het bijeenrapen van jas, tas en drankjes, moet ik ook naar de ober toe en vertellen dat we ergens anders zijn gaan zitten.

Alex en Antoin drinken thee. Nooit iets van intimiteit tussen die twee, iets waardoor je ziet dat ze een verleden met elkaar delen. Altijd die formele omgang. Nu ook. Ze wisselen beleefdheden uit.

Alles kits?

En met jou?

Druk op de zaak, tjonge wat druk.

Maar dat is goed, liever druk dan rustig. Zo verdienen we wat.

Plotseling wenden ze zich tot mij. Waarom deze afspraak, waarover wil ik het hebben? Alex, meester in onverwachte wendingen, schakelt zo snel dat je al bij voorbaat met een achterstand begint.

Het overvalt me, mijn gedachten zijn nog bij de vorige zin, die van een minuut geleden. Ben even zonder woorden. Eventjes. Een slok koffie, dan begin ik. Dat mijn moeder darmkanker heeft en dat ze waarschijnlijk niet lang meer zal leven. Nog een slok. Deze laatste weken, want het is een kwestie van weken, wil ik zelf voor haar zorgen, en dat kan heel goed als ik tijdelijk acht uur per week minder werk.

Zonder hierop in te gaan, wenkt Alex de ober. We bestellen allemaal hetzelfde plus een borrelgarnituur voor Alex. Dat hij iets wil eten, legt hij uit als hij onze vragende ogen ziet. Borrelgarnituur bij de thee? Wanneer er een vrouw langsloopt met opvallende hoed – rood, vol strikken en tierelantijntjes – schudden Alex en Antoin tegelijkertijd hun hoofd: Amsterdam, ja, daar kan zoiets...

De ober met onze bestelling: twee thee, koffie verkeerd. Het borrelgarnituur komt er zo aan. We drinken zonder te praten. Buiten is er zon, een krachtige laaghangende winterzon.

Even sluit ik mijn ogen, als ik ze opendoe zie ik de heren elkaar aankijken via de ruit als pokeraars die geheimzinnige tekens uitwisselen. Ook mijn eigen spiegelbeeld in het glas. Het is waar, ik ben mager geworden, en het is ook waar dat dit me niet mooier maakt. Hoekig en streng. De trekken in mijn gezicht hebben zich verhard. Neus lijkt groter. Jukbeenderen steken uit, boren zich een weg door mijn vel.

Alex kucht terwijl hij met een hand over zijn kin strijkt. Zegt het te betreuren dat mijn moeder ziek is. Antoin knikt bevestigend, tuit zijn lippen alsof hij een deuntje gaat fluiten.

Triest is het inderdaad, beaam ik, en kan mijn ogen niet afhouden van de vingers van Antoin die ezelsoren draaien aan de menukaart. Hij houdt er pas mee op als de ober komt met het borrelgarnituur. Een schaaltje bitterballen, hier en daar een kipnugget.

Er ontstaat beweging. A&A rijgen tegelijkertijd ballen aan prikkers, dopen die in de mosterd en steken ze geheel in hun mond. Servetten worden gepakt, grimassen, zweetdruppels. Te heet natuurlijk. Wie werkt er ook zo'n hele bitterbal in een keer naar binnen? Voor het eerst sinds onze kennismaking voel ik me een stuk ouder dan deze heren. Knik ze toe, zomaar ineens een moederlijk gevoel.

Toch, toch… begint Alex, veegt eerst zijn mondhoeken dan zijn voorhoofd af. Ook in een situatie als deze moeten ze denken aan hun eigen belang, de belangen van het bedrijf, dat begrijp ik vast wel. Zonder op antwoord te wachten, staat hij op en zegt even naar het toilet te gaan.

Antoin sluit zich aan, beide wangen rossig rood, ook naar het toilet.

Daar gaan ze: A&A. Handen in de zakken. Dezelfde manier van lopen. Dat nonchalante.

In het toilet zal mijn moeders lot worden bezegeld. Het idee dat die paar weken van haar leven nu rusten in de handen van deze heren, doet mij bijna kokhalzen. Ik voel de inhoud van mijn maag omhoogkomen en breng snel een hand naar mijn mond. Stel je voor. Straks ga ik nog overgeven, dwars over het borrelgarnituur heen.

Binnen een paar minuten zijn ze alweer terug. Iets in hun houding verraadt de boodschap. Wat precies kan ik niet zeggen, maar voor mij bestaat geen twijfel. Alex wil mij niet tegemoet komen en Antoin steunt hem. Heeft hij ooit iets anders gedaan?

Daarom reageer ik koel, onaangedaan zelfs, wanneer Alex verkondigt dat zij er niet in toestemmen mij minder te laten werken, ook al is het tijdelijk. Natuurlijk kan ik vakantiedagen opnemen, daar heb ik recht op. Maar verder gaat hij niet. Kán hij ook niet gaan want mijn uren zorgverlof heb ik al ruimschoots opgemaakt met al die vrije dagen van de laatste tijd. Maar dat besef ik zelf natuurlijk ook wel. Stilte.

Antoin vermijdt mijn ogen, houdt zijn blik strak gericht op het borrelgarnituur zonder er verder iets van te eten. Het restaurant is volgelopen, overal stemmen, messen die krassen over borden, gerinkel van glazen. Buiten is het spitsuur losgebarsten. Een lange rij auto's voor het stoplicht, brommers die zigzaggend een weg zoeken. Verder weg het station, het geluid van treinen.

Mijn reactie is ondoordacht en irrationeel. Puur emotie. Dom, dom. Toch heb ik me zelden zo goed gevoeld als op het moment dat ik zeg ontslag te nemen, dat ik niet wil werken voor mensen die op geen enkele wijze rekening met me houden. Na die woorden sta ik op en wil weglopen, maar Alex houdt me tegen. Hij gaat voor mij staan en verspert me de weg. Zijn gezicht staat op springen, Repelsteeltje in het kwadraat.

Hoe ik erbij kom, waar haal ik de brutaliteit vandaan, ontslag nemen…

Vanuit een ooghoek zie ik Antoin wegduiken, neus in zijn tas, alsof hij iets zoekt.

Ik doe het niet expres, het gaat min of meer vanzelf omdat Alex zich nog breder maakt en het onmogelijk wordt om langs hem te glippen. Of hij een stoel is die in de weg staat, schuif ik hem opzij. Nooit gedacht dat dit zo makkelijk zou zijn.

Wat heb ik gedaan? Ben ik gek geworden? Had ik niet eerst kunnen overleggen? De echtgenoot hapt naar adem.

Dochter gelooft het niet. Mama wil weer eens grappig doen…

Trix ontploft, alsof ik haar persoonlijk onrecht heb aangedaan. Dat dit wel de stomste streek is die ik ooit heb uitgehaald. Nou krijg ik niet eens een uitkering. Dat ik het voortaan zelf allemaal moet uitzoeken, ze trekt haar handen van mij af.

Ik zeg, en mijn kalmte steekt schril af tegen haar opwinding, dat ik helemaal geen uitkering wil, dat ik op zoek ga naar een andere baan.

Ze snuift: wat een naïviteit. Zo zit de wereld niet in elkaar. Op mijn leeftijd en dan ook nog solliciteren vanuit een werkloosheidspositie, dat lukt nooit. De stellige toon is terug in haar stem, maar in plaats van ergernis roept die nu vertedering op. Ontroering zelfs.

Niet bang zijn, Trix, niet zo krampachtig. Het komt goed, echt, laat het maar aan mij over.

− 30 −

In de derde week van december trekt moeder bij ons in. Het
is een rustige dag, weinig wind, temperatuur boven normaal.
We zijn allemaal present: de echtgenoot, zoon, dochter en ik.
We wachten. We drinken koffie en wachten weer. Mijn benen tintelen, mijn armen ook, net als vroeger op verjaardagen. Blijdschapskriebels noemde mijn moeder dit fenomeen.
Op tafel, in het midden: de taart. Mokka met slagroom.
Haar lievelingsgebak. Niemand mag eraan komen, ook geen
vinger langs de rand halen. Moeder zal hem aansnijden, maar
niet voordat ze de welkomstgroet erop heeft voorgelezen.

Het is bijna twaalf uur wanneer de auto van broer onze
straat in rijdt. Wij naar het raam, er wordt gezwaaid. Moeder
stapt uit. Haar gezicht is vlekkerig. Nadat ze de kreukels uit
haar rok heeft gestreken, loopt ze verder naar de voordeur.

Oma, oma. Dochter rent op haar af, wordt plotseling weer
kleuter. Ook zoon laat zich gaan, even terug in de kindertijd,
zijn armen om haar nek. Hij is zeker twee hoofden groter
dan zij. Wat is ze gekrompen, denk ik, hij kan haar zo optil-

len en boven zijn hoofd houden zoals je doet met een trofee, een Oscar.

Moeder opent haar mond en sluit hem weer. Geen woorden. Ze loopt direct door naar boven, naar haar kamer.

Ze heeft de hele autorit gehuild, vertelt broer wanneer hij de kamer in stapt, bepakt met haar spullen en zijn voorhoofd in een frons.

Zijn vrouw achter hem aan, ook zij met bagage van moeder in haar handen.

Boven ons: gestommel, een krakend geluid. Ze opent het raam. Heen en weer lopen, de kast open, dicht, terug naar het raam. Even is het stil. Nu kijkt ze naar buiten, ziet het grasveld, de kinderen die erop spelen, de honden. Haar ogen glijden langs de populieren, hoog tot aan de hemel. Hier, ja, hier kan ik sterven, denkt ze.

Voetstappen op de trap, onregelmatig, ze komt naar beneden.

Hij begrijpt er niets van, zegt broer. Waarom huilt ze in plaats van blij te zijn? Is dat niet de omgekeerde wereld?

Dochter staat op, wil er iemand koffie?

Koffie… geef mij maar een biertje, zegt hij en schiet in de lach. Als hij zo lacht, spontaan en voluit, is hij terug, mijn broertje. Alsof hij nooit is weggeweest, zich niet heeft verstopt in gedragscodes en Italiaanse maatpakken. Zijn vrouw legt een hand op zijn arm, ook zij lacht. En voor het eerst besef ik dat ze mooi is, nooit bij stilgestaan, heb haar eigenlijk altijd een beetje over het hoofd gezien, aanhangsel van broer, verder niets.

Als moeder de deur opent, vallen alle gesprekken stil. Iedereen kijkt haar zwijgend aan, vol verwachting en tegelijk met iets van angst. Is het oké, alles naar wens?

De kamer is geweldig, roept ze uit en gaat zitten in de stoel naast de haard, de stoel die ik haar in gedachten al had toebedeeld.

Hoewel ze zich verbijt, kan ze het niet stoppen. Tranen langs haar wangen haar hals in, traag zoals alles wat zij doet tegenwoordig. Huil jij maar, denk ik en sla mijn armen om haar heen, om dat schokkende lijfje dat niet meer zal wegen dan dat van een kind.

Wanneer broer niet-begrijpend zijn wenkbrauwen omhoog trekt, knik ik hem toe. Het is goed, niets aan de hand.

Of dit een startsein is, begint iedereen te praten, met elkaar, door elkaar. Gelach. Het is net een verjaardagsfeest, precies zoals ik had gehoopt dat het zou zijn. Volmaakt. En dat huilen van haar? Logisch. Dat begrijp ik, heel goed zelfs. Want natuurlijk doet het pijn om alles te verlaten wat haar jarenlang lief was, het huis waar ze gelukkig is geweest, haar eigen omgeving, de tuin. Tegelijkertijd is ze blij, vindt ze het fijn om hier te wonen, bij ons, dat ze hier kan sterven, vertrouwd, en niet alleen of tussen vreemden.

Mijn hand streelt haar voorhoofd, haar haren die stug aanvoelen hoewel ze er extra zorg aan heeft besteed, de lak blijft kleven aan mijn vingers.

Wat eten we vanavond? vraagt ze met de gretigheid van een kind.

Lees ook

In naam van mijn vader
AEFKE TEN HAGEN

In een klein dorpje op het platteland kent iedereen elkaar, en dat kan
een vloek of een zegen zijn. Voor Maria is het een reden om zo ver
mogelijk te vluchten – maar waar ze ook heen gaat, zichzelf neemt ze
mee. Een prachtige ontwikkelingsroman over verlies en waanzin.

'Een vlot verteld verhaal.' *Nederlands Dagblad*

'Een eigentijdse versie van *De gelukkige huisvrouw*.' *De Telegraaf*

AEFKE TEN HAGEN – IN NAAM VAN MIJN VADER – ISBN 978 90 499 5154 2

nu verkrijgbaar

Lees ook

Moeders en dochters
RAE MEADOWS

Sam is nog maar kort moeder terwijl ze haar eigen moeder Iris onlangs heeft verloren. In een oude doos ontdekt ze brieven en een foto van Violet, een meisje dat in 1900 op elfjarige leeftijd in haar eentje van New York naar het Middenwesten reisde. Wie was zij? En wat waren haar redenen om alles achter te laten en op een trein te stappen?

'Erg overtuigend.' *Marie Claire*

'Meadows weet haar personages en hun wereld treffend weer te geven.'
Newsweek

RAE MEADOWS — MOEDERS EN DOCHTERS — ISBN 978 90 499 5170 2

nu verkrijgbaar

Lees ook

7 dagen, 7 nachten
JONATHAN TROPPER

Judd Foxman brengt na de dood van zijn vader noodgedwongen zeven dagen en zeven nachten door in zijn ouderlijk huis, samen met zijn broers en zussen. Terwijl de week vordert, komen oude frustraties, onverwerkte verlangens en verborgen geheimen naar boven.

'Hans Teeuwen en Kluun in het kwadraat. Misschien nog wel beter.'
Ezzulia.nl

'Ontroerend, buitengewoon grappig en verslavend.' *Veronica Magazine*

'Wie *7 dagen, 7 nachten* van Jonathan Tropper leest, zal zich erop betrappen dat hij hardop zit te lachen. Denk aan *Six Feet Under*, maar dan op papier.' *Algemeen Dagblad*

JONATHAN TROPPER – 7 DAGEN, 7 NACHTEN – ISBN 978 90 499 5161 0

nu verkrijgbaar